몬스터
MONSTER

몬스터

월터 딘 마이어스 장편소설

이은선 옮김

창비

 **일러두기**

시나리오 용어

보이스오버 _ 인물이 화면에 등장하지 않고 목소리만 들리게 처리하는 것.

롱샷 _ 화면에 배경과 인물의 연기 범위 전체가 들어오도록 찍는 것.

미디엄샷 _ 클로즈업샷과 롱샷의 중간으로, 인물의 경우 대개 허리 위를 찍는다.

페이드인 _ 화면이 처음에 어둡다가 점차 밝아지는 것.

페이드아웃 _ 화면이 처음에 밝았다가 점차 어두워지는 것.

플래시백 _ 과거의 회상을 나타내는 장면 혹은 그 기법.

디졸브 _ 앞의 장면이 사라지는 동안 새로운 장면이 페이드인 되는 것.

리액션샷 _ 앞의 샷에 대한 배우의 반응을 포착한 샷.

차 례

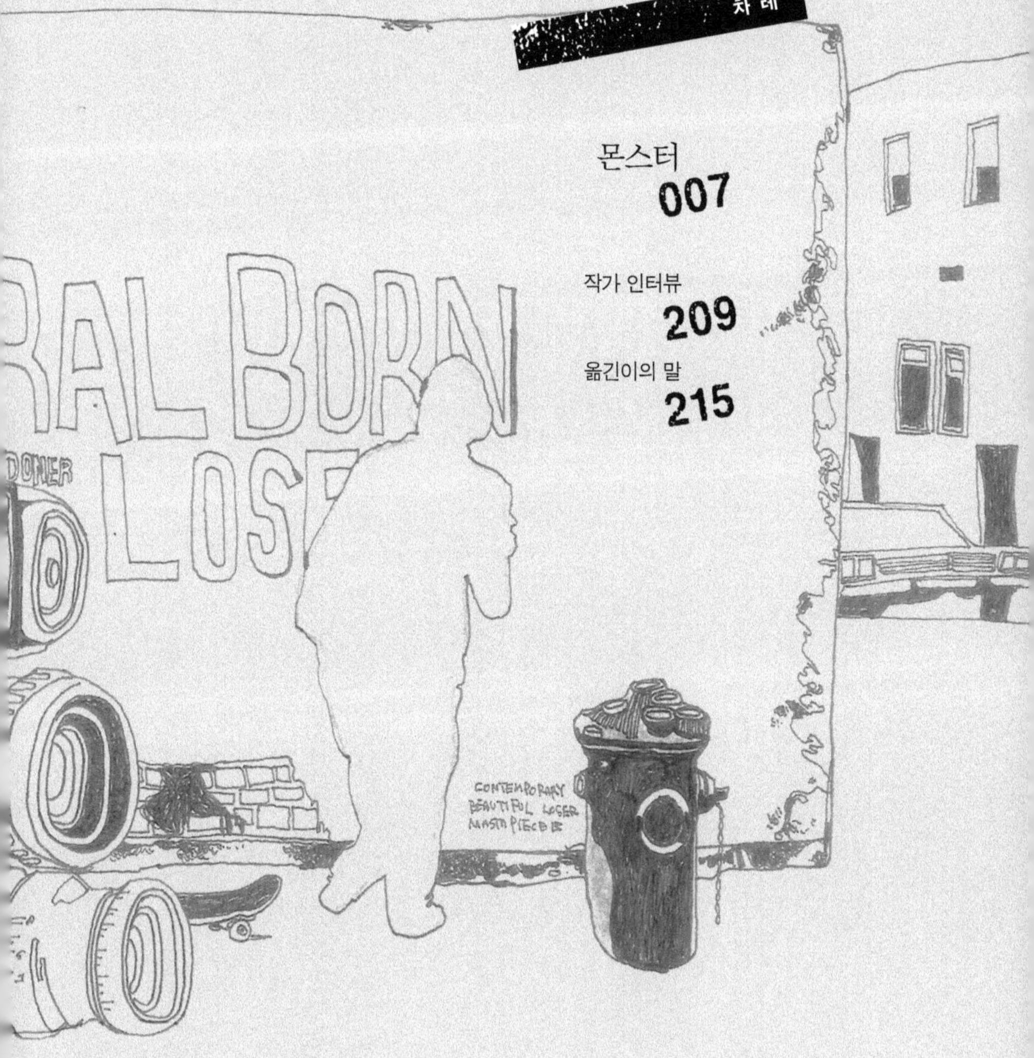

울기 가장 좋은 때는 밤이다. 불이 꺼지고, 누군가 두들겨 맞으면서 살려달라고 고함을 지르는 밤에는 코를 조금 훌쩍여도 들리지 않는다. 만약 누군가 내가 우는 걸 알게 되면 다들 내 이야기를 하기 시작할 거고, 좀 있다 불이 꺼지면 두들겨 맞는 사람이 내가 될 것이다.

내가 있는 감방의 강철 세면대 위에는 거울이 걸려 있다. 길이가 15센티미터쯤 되고, 나보다 먼저 이곳을 거쳐 간 사람들의 이름이 새겨져 있다. 이 조그만 직사각형 안을 들여다보면 누군가 나를 마주 보고 있는데, 그 사람이 누구인지 모르겠다. 내 얼굴 같지가 않다. 몇 개월 만에 그렇게 변했을 리 없다. 재판이 끝나면 원래 얼굴로 돌아갈 수 있을까?

오늘 아침 식사시간에 어떤 남자가 쟁반에 얼굴을 맞았다. 누군가 뭐라고 했고, 또 다른 누군가 길길이 날뛰었다. 사방이 피투성이였다.

달려온 교도관들이 우리를 벽에 일렬로 세웠다. 그러고는 얼굴을 맞은 남자를 탁자에 앉히고, 다른 교도관이 고무장갑을 가지고 올 때까지 기다렸다. 고무장갑이 전달되자 교도관들은 고무장갑을 끼고 남자에게 수갑을 채운 다음 의무실로 데리고 갔다. 그때까지도 남자는 피를 철철 흘리고 있었다.

지내다 보면 교도소도 적응이 된다던데, 어떻게 그럴 수 있는지 모르겠다. 아침에 눈을 뜰 때마다 여기가 교도소라는 사실에 깜짝깜짝 놀란다. 교도소 밖 생활이 진짜 같다면 이곳은 모든 면에서 그 반대다. 모르는 사람들과 같이 자고, 모르는 사람들과 같이 일어나며, 모르는 사람들 앞에서 볼일을 본다. 다들 모르는 사이인데도 서로 못 잡아먹어서 안달이다.

가끔은 영화 속으로 들어온 듯한 기분이 들 때도 있다. 줄거리도 없고 시작도 없는 이상한 영화 속으로. 이 영화는 흑백이고, 화면이 직직거린다. 가끔 카메라가 너무 코앞으로 들이닥치면 뭐가 어떻게 되고 있는지 모르는 채 소리를 듣고 때려 맞혀야 한다. 나는 교도소를 배경으로 한 영화를 여러 편 봤지만, 이런 작품은 없었다. 이 영화의 주제는 철창이나 잠긴 문이 아니다. 여러 사람들과 함께 있는데도 혼자인 것, 깨어 있는 내내 두려움에 시달리는 것이 이 영화의 주제다.

이런 데 익숙해지면 내가 진짜라고 생각했던 것을 포기하고 다른 것을 택해야 할 것이다. 이게 무슨 소리인지 나도 모르겠지만.

어쩌면 나만의 영화를 만들 수도 있겠다. 대본을 쓴 다음 내 머릿속에서 상영하는 거다. 학교에서 그랬던 것처럼 촬영

계획을 세울 수도 있겠다. 이 영화는 내 인생담을 그린 작품이 될 것이다. 아니, 인생담이 아니라 이번 일을 그린 작품이 될 것이다. 교도소에서 가지고 있어도 좋다고 한 공책에 대본을 써야겠다. 영화 제목은 여검사가 나한테 붙인 별명으로 할 것이다.

괴물

7월 6일 월요일

괴물!

페이드인: 실내: 맨해튼 교도소 D블록의 새벽. 카메라가 으스스하고 음침한 복도를 천천히 훑는다. 여기저기서 재소자들의 고함 소리가 들린다. 대부분 험한 욕설이다. 재소자들은 대다수가 흑인 아니면 남미 출신이다. 움직임을 멈춘 카메라가 어느 감방 쪽으로 서서히 방향을 바꾼다.

실내: 감방. 열여섯 살의 스티브 하먼이 양손으로 머리를 감싸 쥔 채 철제 간이침대에 걸터앉아 있다. 마른 몸집에 피부는 갈색이다. 그 옆으로 재판 때 입고 나갈 양복과 넥타이가 침대 위에 놓여 있다.

장면 전환: 바지를 내리고 변소에 앉은 또 다른 재소자 어니.

장면 전환: 티셔츠를 입고 있는 또 다른 재소자 썬쎗.

장면 전환: 화면이 어두워지면서 담요를 머리끝까지 뒤집어쓰는 스티브.

보이스오버 야, 담요 뒤집어써 봐야 소용없어. 그런다고 벗어날 수 있을 것 같아? 이게 현실이야. 이게 진짜라고.

교도소가 진짜인 이유를 설명하는 정체 모를 재소자의 보이스오버가 계속된다. 그러는 동안 「스타워즈」의 오프닝 크레딧처럼 화면 바닥에서 등장한 자막이 점점 좁아지다 화면 꼭대기에 이르면 한 점이 되어 우주 속으로 사라진다.

괴물!

비참한
나의
인생 이야기

주연

스티브 하먼

제작

스티브 하먼

감독

스티브 하먼

(크레딧이 계속 이어진다.)

몇 가지 사건으로 인해
한 남자의 인생이
어떻게 달라졌고
어쩌다 남은 평생을
철창 안에서 보내야 할지도
모르는
신세가 되었는지
그 엄청난 이야기가
실제처럼
생생하게
펼쳐진다!

각본 및 감독
스티브 하먼

출연

쌘드라 페트로첼리
열혈 검사

캐시 오브라이언
의뢰인을 믿지 못하는 변호사

제임스 킹
악당

리처드 '보보' 에번스
배신자

오스발도 크루스
디아블로스 멤버. 터프가이 지망생

로렐 헨리
증인

호쎄 델가도
시신을 발견한 사람

그리고

16세의 스티브 하먼
살인 재판을 받는 소년!

촬영장소: 맨해튼 교도소

무대 디자인, 수갑, 죄수복: 뉴욕 주 제공

보이스오버   야, 하먼, 뭐 좀 먹지그래. 와서 아침 가지고 가. 안 먹을 거면 네 달걀 내가 먹는다. 먹을 거야?

스티브   (가라앉은 목소리로) 배 안 고파요.

썬쎗   쟤, 오늘 재판 시작하잖아. 엄청난 일을 앞두고 있는 거지. 그 기분, 나는 알아.

장면 전환: 실내: 교정국 소속 호송차. 호송차 뒤쪽의 철창 사이로 뉴욕 시내에서 일상을 살고 있는 사람들이 보인다. 쓰레기를 줍는 남자들, 택시에 우회하도록 수신호를 보내는 여자 교통경찰, 학교로 가는 학생들이 있다. 교도소에서 법원으로 향하는 호송차에 눈길을 주는 사람은 거의 없다.

장면 전환: 수갑을 찬 재소자들이 호송차 뒤쪽에서 내린다. 스티브는 공책을 들고 있다. 간이침대 위에 놓여 있던 양복과 넥타이 차림이다. 그의 모습은 법원의 묵직한 출입문 사이로 이끌려 가는 동안 잠깐 보이고 그만이다.

호송차에서 내린 마지막 재소자가 법원 뒤쪽으로 들어가면서 페이드아웃.

페이드인: 법원 내부. 재소자와 변호사 간의 면담에 쓰이는 작은 방. 스티브 뒤쪽 책상에 교도관 한 명이 앉아 있다.

스티브의 담당 변호사인 캐시 오브라이언은 체구가 아담하고, 빨간 머리에 주근깨가 많다. 그녀는 사무적인 말투로 스티브에게 이야기한다.

오브라이언   네가 상황을 제대로 파악하고 있는지 분명히 짚고 넘어가자. 너하고 이 킹이라는 아이는 중죄 모살(謀殺)로 재판에 회부됐어. 중죄 모살은 말 그대로 심각한 범죄라는 뜻이야. 담당 검사인 쌘드라 페트로첼리는 유능한 사람이야. 검찰 측에서는 사형을 밀어붙이고 있는데, 정말 난감한 일이지. 배심원들은 너희한테 종신형을 선고하면서 엄청난 호의를 베푼다고 생각할지 몰라. 그러니까 아주, 아주 진지하게 이번 재판에 임하는 게 좋을 거다.

법정에 들어서면 앉아서 주의를 집중하도록 해. 배심원들한테 너도 그 사람들만큼 진지하게 이 사건을 받아들이고 있다는 인상을 심어줘. 뒤를 돌아보고 친구들한테 손을 흔들거나 하면 안 돼. 어머니한테는 알은척해도 좋지만.

이제 판사님이랑 이야기하러 가봐야겠다. 몇 분 있으면 재판이 시작될 거야. 그전에 나한테 물어보고 싶은 거 있니?

스티브 우리가 이길 수 있을까요?

오브라이언 (진지하게) 어떤 의미에서 '이긴다'는 말을 썼는지에 따라 대답이 달라질 것 같구나.

장면 전환: 실내: 대기실. 벤치 끝에 앉아 있는 스티브가 보인다. 맞은편 벽에는 또 한 명의 피고인 스물세 살의 제임스 킹이 후줄근한 양복 차림으로 앉아 있다. 그가 험상궂게 노려보자 스티브는 눈을 돌린다. 수갑을 찬 재소자들과 멀찌감치 떨어진 탁자에 교도관 두 명이 앉아 있다. 카메라가 교도관들을 미디엄샷으로 잡는다. 두 사람은 알루미늄 포장용기에 담긴 달걀, 소시

지, 감자로 아침식사를 하고 있다. 흑인 여자 속기사가 자기 잔과 두 교도관의 잔에 커피를 따른다.

속기사 이번 재판이 이 주일쯤 걸렸으면 좋겠어요. 그래야 돈이 좀 생기지.

교도관 1 육 칠 일이면 끝날걸. 흉내만 내는 재판이거든. 재판하는 척만 하고 다시 감방에 가두는 거지. (카메라 반대편인 스티브 쪽으로 고개를 돌린다.) 안 그러냐, 이 눈 또랑또랑한 녀석아?

장면 전환: 낮은 벤치에 앉아 있는 스티브. 그런 용도로 벤치에 설치된 U자 모양 볼트에 수갑이 채워져 있다. 간수를 쳐다보던 스티브가 고개를 돌린다.

장면 전환: 문. 문이 열리면서 법원 서기가 고개를 내민다.

법원 서기 이 분 전입니다!

장면 전환: 서둘러 아침식사를 마치는 교도관들. 속기사가 법정 안으로 기계를 옮긴다. 교도관들이 수갑을 풀고 스티브를 안으로 데리고 들어간다.

장면 전환: 어느 탁자에 앉혀지는 스티브. 다른 탁자에 앉은 킹과 변호사

두 명이 보인다. 스티브는 혼자 앉아 있다. 그의 뒤에 교도관이 한 명 서 있다. 법정의 방청객은 한두 명이다. 잠시 후 네 명이 더 들어온다.

　스티브 하면 클로즈업. 누가 봐도 겁에 질린 표정이다.

　미디엄샷: 모두들 재판을 시작하려고 준비 중이다. 캐시 오브라이언이 스티브 옆에 앉는다.

　오브라이언　기분이 어때?

　스티브　무서워요.

　오브라이언　다행이다. 무서운 게 맞는 거야. 아무튼 우리가 지금까지 한 이야기만 기억하고 있으면 돼. 킹의 변호사가 크루스의 증언을 막으려고 내놓은 신청사안과 기타 몇 가지 사항을 판사님이 검토할 거야. 여기서 내 역할이 뭔지 알려줄게. 내 역할은 네 입장에서 법의 유, 불리를 분명히 따지고, 배심원들에게 너의 인간적인 면을 부각시키는 거야. 네 역할은 나를 돕는 거고. 궁금한 게 있으면 글로 적어서 알려줘. 그럼 여건이 되는 대로 대답해줄게. 근데 지금 뭐 하는 거니?

스티브   모든 과정을 영화 대본으로 남기려고요.

오브라이언   하여튼 집중해야 된다. 똑바로 집중해야 돼.

보이스오버(법원 경비)   전원 기립.

판사가 들어와 벤치 뒤에 앉는다. 키가 크고 호리호리하다. 그는 백발을
한 움큼 쓸어 올리고 법정을 둘러본 다음 자리에 앉는다. 예순 살의 뉴욕 판
사는 벌써부터 지겨운 표정이다. 법원 경비가 착석하라는 수신호를 보낸다.

판사   검찰 측, 준비됐습니까?

검사인 쌘드라 페트로첼리가 자리에서 일어선다. 회색 정장 차림이다. 전
투적인 분위기인데도 여전히 매력적이다. 머리카락과 눈동자는 검은색이다.

페트로첼리   예, 재판관님.

판사   피고 측은요?

제임스 킹 변호인단의 수석 변호사인 에이싸 브릭스가 자리에서 일어선
다. 감청색 양복과 하늘색 넥타이 차림이다. 눈동자도 파랗고, 머리는 백발

이다.

브릭스　준비됐습니다.

오브라이언　준비됐습니다, 재판관님.

판사　좋습니다. 오늘은 이 아이의 증언을 허용할지 여부를 판결할 겁니다. 판결과 관련 있는 신청사안이 있으면 오늘 오후나 휴정시간에 제출해주세요. 모두들 독립기념일은 잘 보냈는지 모르겠군요?

브릭스　평소처럼 바비큐를 먹고 소프트볼 게임을 했는데, 이제는 뛸 나이가 아니라는 걸 절감했죠.

오브라이언　전 불꽃놀이 때문에 공휴일 중에서 독립기념일이 제일 싫어요.

판사　배심원단을 부릅시다.

장면 전환: 스튜브쌍트 고등학교 영화 워크샵. 소형 스크린 위에서 상영되던 영화가 지금 막 끝났다. 숙제로 제작된 작품이고, 카메라는 불안정하다.

스크린 위에서 한 여자아이가 천천히 멀어져 간다. 스크린이 암흑을 거쳐 눈부신 흰색으로 바뀌고, 불이 켜지자 평범한 모습으로 돌아온다.

영화 동아리 지도교사인 쌔위키 선생님과 평상복을 입은 아홉 명의 학생들이 보인다.

쌔위키 영화제 심사라면 결말이 작품을 망쳤다는 평가가 내려졌겠지만, 나머지 부분은 흥미진진했다. 다른 의견 있는 사람?

스티브가 손을 든다. 법정에서의 모습과 별 차이가 없다.

스티브 저는 결말이 마음에 들었는데요.

쌔위키 결말이 별로라기보다 뻔하지 않냐는 거지. 결말은 자연스럽게 예측할 수 있어야 해. 무슨 뜻인지 알겠니? 영화를 만들면 그 영화의 배심원 역할을 하는 관객들에게 여운을 남기게 되지. 그런데 뻔한 작품을 만들면 끝나기 훨씬 전부터 관객들이 결론을 내려버리지 않겠니?

장면 전환: 법정. 배심원들이 줄줄이 들어와 자리에 앉는다.

스티브　(변호사에게) 괜찮은 사람들 같아요?

오브라이언　이미 우리 재판에 배정된 사람들이야. 상대해야지 어쩌겠니.

장면 전환: 페트로첼리 롱샷. 배심원석 앞 단상에 서 있다. 그녀가 배심원들을 향해 미소를 짓자 몇몇이 미소로 화답한다.

페트로첼리　안녕하십니까, 배심원 여러분. 뉴욕 주 지방 검사보, 쌘드라 페트로첼리입니다. 배심원 선정 과정에서 여러분도 들으셨겠지만, 중죄 모살을 다루는 이 재판에서 제가 검찰을 대변하고 있습니다. 오늘 우리가 이 자리에 나온 이유는 기본적으로 이 세상이 완벽하지 못하기 때문입니다. 이 나라를 세운 건국의 아버지들도 그 사실을 알고 있었습니다. 일개 개인의 소행이 우리 사회를 위협하는 때와 경우가 생길 줄 알고 있었던 겁니다. 지금이 바로 그런 때입니다. 이 도시의 시민, 이 주와 이 나라의 시민 한 명이 강도들에게 목숨을 빼앗겼습니다. 우리 사회를 보호하기 위해 만들어진 것이 법률제도입니다. 배심원 여러분은 이 법률제도의 일부분이죠. 뉴욕 주를 대변하는 저도 그 법률제도의 일부분이고, 재판관님과 이 재판에 참석한 모든 분들도 마찬가지입니다. 저는 최선을 다해 여러분께 사건의 정황을 알릴 생각입니다. 여러분도 최선을 다해 이 사건의 시비를 판단해주실 것으로 믿습니다.

우리 지역 주민들은 대부분 합법적으로 자신의 이익을 추구하고, 남의 권리를 침범하지 않으며, 예의 바르고 근면 성실한 시민입니다. 하지만 우리 지역사회에는 괴물도 있습니다. 절도와 살인을 일삼고, 남의 권리를 무시하는 사람들 말입니다.

지난해 12월 22일, 오후 4시경에 두 남자가 할렘의 145번가에 있는 편의점에 침입했습니다. 검찰 측 주장에 따르면 이 중 한 명은 리처드 '보보' 에번스였습니다. 검찰 측 주장에 따르면 이때 편의점에 들어가 강도와 살인에 가담한 나머지 한 명은 제임스 킹이었습니다.

페트로첼리가 제임스 킹이 앉아 있는 탁자를 가리킨다.

갈색 양복을 입고 저 탁자 오른쪽에 앉아 있는 분이 킹 씨입니다. 배심원 선정 과정에서 여러분도 소개를 받으셨을 겁니다. 오늘 재판에 회부된 피고인 중 한 명이죠. 월요일이었던 그날, 두 사람이 편의점에 들어간 목적은 아주 단순했습니다. 가게 주인인 쉰다섯 살의 알기날도 네스빗을 강탈할 생각이었죠. 두 사람은 총기를 휴대하지 않았지만, 허가받은 총기를 휴대하고 있었던 가게 주인은 재산 보호 차원에서 총기를 꺼냈습니다.

강도에 가담한 에번스 씨가 추후에 증언하겠지만, 이때 몸싸움이 벌어진 결과 총이 발사되었고, 네스빗 씨가 살해되었습니다. 네스빗 씨에겐 자기 재산을 보호할 권리와 강도를 당하지 않을 권리가 있었습니다. 우리 모두 그럴 권리가 있습니다.

나중에 증거를 보여드리겠습니다만, 가게를 약탈할 계획 내지 음모는 강도행각 이전에 이미 세워져 있었습니다. 가게 안으로 들어가 실제 강도행각을 벌이는 것은 에번스 씨와 킹 씨의 몫이었습니다. 그리고 편의점 밖에 서 있다 추격전이 벌어지면 훼방 놓기로 한 사람이 또 한 명 있었죠. 이 임무를 맡았던 청소년은 나중에 이번 사건에서 자신의 역할에 대해 증언할 겁니다. 그런데 한 남자를 죽게 만든 이번 강도행각에서, 먼저 가게 안으로 들어가 경찰이 없는지 확인하는 역할을 맡은 공범이 한 명 있었습니다. 이른바 아무 이상 없는지 체크하는 역할이었죠.

나중에 증언을 듣겠지만, 두 공범은 이런 사실을 알고 있었습니다. 가게 안으로 들어가서 분위기를 파악하기로 했던 사람은 저 탁자에 앉아 있습니다. 그의 이름은 스티브 하먼입니다.

장면 전환: 스티브 하먼. 그리고 그의 앞에 놓인 공책 클로즈업. 그는 괴물이라는 단어를 적고 또 적고 있다. 하얀 손(오브라이언의 손이다)이 연필을 빼앗아 괴물이라는 단어 위에 모조리 X표를 그린다.

오브라이언 (속삭이듯) 배심원들한테 네가 결백하다는 확신을 심어주려면 너부터 자신을 믿어야 해.

장면 전환: 페트로첼리 미디엄샷.

페트로첼리   사인에 관해서 나중에 검시관의 증언을 듣겠지만, 총상이 치명적이었습니다. 그것은 네스빗 씨의 총기였지만, 네스빗 씨가 죽음을 자초한 것은 아닙니다. 이건 자살이 아닙니다. 그의 죽음은 강도행각의 직접적인 결과였습니다. 간단하게 요약하자면 이것은 살인사건입니다. 그것도 중범 도중에 벌어진 살인사건입니다. 나중에 증거를 제시하겠습니다만, 여러분 앞에 앉아 있는 두 명의 피고인이 그 범행에 가담했고, 그로 인해 중죄 모살로 기소되었습니다. 제시된 증거는 어떤 식으로 판단하면 되는지 추후에 재판관님께서 알려주실 겁니다. 하지만 저는 확신하고 있고, 재판이 끝날 무렵 제임스 킹과 스티브 하먼, 이 두 사람이 알기날도 네스빗의 죽음을 초래한 강도행각의 가담자임을 여러분도 확신하게 될 것이라고 믿습니다. 감사합니다.

장면 전환: 법정 롱샷. 오브라이언이 변호사 단상에 서 있다.

장면 전환: 방청석의 나무 벤치에 앉아 열심히 귀를 기울이고 있는 스티브의 어머니. 걱정하는 얼굴이다.

오브라이언 시민을 보호하기 위해 법이 존재한다는 말씀은 맞습니다. 범행이 발생하면 법을 적용해 죄인을 교정하고 심판해야겠죠. 하지만 법은 피고를 보호하기도 합니다. 그것이 미국 사법제도의 놀랍고 훌륭한 부분입니다. 우리는 한밤중에 사람들을 침대 밖으로 끌어내 구타하지 않습니다. 고문하지도 않습니다. 폭행하지도 않습니다. 우리는 양측에 똑같이 법을 적용합니다. 사회를 보호하는 법이 사회 전체를 보호합니다. 그런데 이번 사건의 경우, 검찰 측에서 제시할 증거에는 심각한 결함이 있습니다. 합리적으로 의심할 만한 여지가 있을 뿐 아니라—이 부분에 대해서는 재판 말미에 좀 더 자세히 다루도록 하겠습니다—스티브 하먼이 과연 일말의 범행이라도 저질렀는지에 대한 의혹 또한 상당한 수준입니다.

하먼 씨의 변호사로서 제가 배심원 여러분께 부탁드리고 싶은 것은 단 한 가지, 스티브 하먼을 바라보면서 지금 이 순간, 미국의 사법제도에서는 그를 무죄로 간주하고 있다는 사실을 잊지 말아달라는 것입니다. 그는 유죄로 입증되지 않는 한 결백합니다. 법에서 규정한 것처럼 여러분께서 지금 그를 무죄로 간주한다면, 어떠한 편견도 거부한다면, 검찰 측에서 내놓을 그 어떤 증거도 그의 결백함을 무너뜨리지 못한다는 확신을 여러분께 드리는 데 아무 문제가 없을 거라고 믿습니다. 감사합니다.

장면 전환: 브릭스.

브릭스 안녕하십니까, 배심원 여러분. 킹 씨의 변호를 맡고 있는 에이싸 브릭스입니다. 주 검찰을 대변하는 페트로첼리 씨가 대단히 노골적이고 과장된 표현을 동원해 이 사건을 소개하셨군요. 하지만 여러분도 조만간 알게 되겠지만, 검찰 측의 주요 증인들은 이 세상에서 가장 이기적이고 잔인한 사람들입니다. 그중 일부는 그들이 범죄자라는 맹세로 증언을 시작할 겁니다. 여러분은 범죄를 저지르고, 거짓말을 하고, 물건을 훔치고, 다른 범죄도 아닌 살인 공범죄를 적어도 한 번 이상 인정한 적 있는 사람들의 이야기를 듣는 불쾌한 상황을 감수해야 할 것입니다. 하지만 결국에는 검찰 측의 주요 증인들을 판단하고 공정한 판결을 내리는 기회를 누리게 될 겁니다. 제가 여러분께 부탁하고 싶은 것이 바로 그겁니다. 검찰 측에서 어떤 사람들을 증인으로 내세우는지 판단하고, 공정한 판결을 내려주시기 바랍니다. 감사합니다.

장면 전환: 증인석. 호쎄 델가도가 서 있다. 체격이 아주 탄탄한 근육질의 청년이다.

호쎄 저는 9시까지 근무합니다. 가게가 문을 닫는 시간이 9시거든요. 때문에 오후쯤 되면 집에 가서 가볍게 뭘 먹든지, 아니면 중국집에 갑니다. 그날은 중국집에 갔어요. 보통은 음식을 사가지고 가게 뒤에서 먹습니다. 제가 가게를 나섰을 때만 해도 아무 문제 없었어요.

페트로첼리 편의점을 나선 게 몇 시였죠?

호쎄 4시 30분, 아무리 늦어도 4시 35분은 넘지 않았을 거예요.

페트로첼리 돌아와 보니 어떤 광경이 펼쳐져 있던가요?

호쎄 처음에는 아무도 보이지 않았어요. 그래서 네스빗 씨가 가게를 비워놓을 리 없는데 이상하다 생각했죠. 그러다 계산대 뒤로 돌아가 보니 바닥에 네스빗 씨가 쓰러져 있고—사방이 피투성이였어요—금전 출납기가 열려 있더군요. 담배도 꽤 없어졌고요. 다섯 상자쯤일 거예요.

페트로첼리 그래서 경찰을 불렀습니까?

호쎄 예. 하지만 네스빗 씨가 이미 죽었다는 건 알고 있었습니다.

페트로첼리 델가도 씨, 소위 말하는 무술에 능하신가요?

호쎄 제 취미생활입니다. 가라테 검은 띠예요.

페트로첼리 편의점이 영업하는 일대에 그 사실이 잘 알려져 있었나요?

호쎄 예. 경기에 나갈 때마다 신문에 실렸는데, 네스빗 씨가 그 신문을 창문에 붙여놓곤 했거든요.

페트로첼리 경찰이 편의점을 찾은 적이 있습니까?

호쎄 가끔 들어와서 담배 한 대 빌리고 그랬죠.

페트로첼리 이상입니다.

브릭스 담배 다섯 상자가 없어졌다고 했죠?

호쎄 맞습니다.

브릭스 여섯 상자가 아니라 다섯 상자였나요?

호쎄 나중에 재고 조사를 해보니 다섯 상자였어요.

브릭스 증인은 어느 의대에서 공부하셨죠?

호쎄 의대 다닌 적 없는데요.

브릭스 하지만 네스빗 씨가 이미 죽었다는 걸 알아차렸다면서요. 장담하지 않으셨던가요?

호쎄 확실했습니다.

브릭스 사장을 구하기 전에 재고 조사부터 할 정도로요?

호쎄 당장 재고 조사를 한 게 아니라 그냥 알아차린 겁니다. 가게에서 일을 하다 보면 뭐가 없어졌을 때 금방 알 수 있거든요.

브릭스 시간이 얼마나 걸리던가요?

호쎄 (화난 얼굴로) 기억 안 납니다.

브릭스 이상입니다.

오브라이언 질문 없습니다.

페트로첼리 (호쎄가 증인석에서 내려오자) 쌀바토레 친치를 증인으로 소환합니다.

장면 전환: 증인석의 쌀바토레 친치. 약간 비만이고 긴장한 얼굴이다. 두꺼운 안경을 끼고 있는데, 증언하는 동안 그 안경을 계속 만지작거린다.

페트로첼리 친치 씨, 맨 처음 이 사건을 접하게 된 장소가 어디였죠?

친치 라이커스 아일랜드(뉴욕에서 가장 큰 교도소 이름 — 옮긴이)요.

페트로첼리 거기 수감된 이유가 뭔가요?

친치 장물 때문에요. 어떤 남자가 야구 카드를 팔겠다고 했는데, 훔친 물건이더라고요.

페트로첼리 훔친 물건인 걸 알고 계셨단 말씀이죠?

친치   예. 그랬을 겁니다.

페트로첼리   라이커스 아일랜드에서 웬델 볼든이라는 사람과 대화를 나누셨죠?

친치   예, 검사님.

페트로첼리   어떤 대화를 나눴는지 알려주시겠습니까?

친치   웬델이 말하길 어느 편의점 강도살인사건에 대해 알고 있는데, 범인을 일러바쳐서 감형받을까 생각 중이라고 했어요.

페트로첼리   그런 대화를 나눈 다음 어떻게 하셨죠?

친치   글럭 형사에게 연락해 알고 있는 사실을 전했습니다.

페트로첼리   친치 씨도 감형을 받고 싶어서 그런 거였죠. 맞나요?

친치   예.

페트로첼리   그러니까 볼든 씨가 사건에 대해 알고 있다고 이야기했군요. 다른 말은 없었나요?

친치 그게 전부였어요.

페트로첼리 담배 이야기도 하던가요?

친치 예, 웬델이 ──

브릭스 이의 있습니다! 검찰 측은 지금 유도 심문을 하고 있습니다!

페트로첼리 취소합니다. 또 어떤 얘길 하던가요?

친치 그 사람한테 담배를 얻었다고 하더만요. 두 상자를.

페트로첼리 담배를 준 남자 이름을 밝히던가요?

친치 아뇨. 그냥 그 사람이 강도사건에 가담한 게 분명하다고만 했어요.

페트로첼리 이상입니다.

장면 전환: 단상의 브릭스.

브릭스   감형을 받고 싶었다고요, 친치 씨? 왜 감형을 받고 싶으셨습니까? 몇 개월밖에 안 남지 않았나요?

친치   그게…… 성추행을 당해서요.

브릭스   성추행? 사람들이 계집애라고 놀리던가요? 어떤 의미에서 '성추행'이라고 하신 거죠?

친치   저랑 성관계를 맺으려는 사람들이 있었어요.

브릭스   그러니까 윤간을 피하고 싶었다? 그 사람들의 목적이 윤간이었나요?

친치   예.

브릭스   그래서 무서웠습니까?

친치   예.

브릭스 무서웠고, 그 상황에서 벗어날 수만 있다면 무슨 말이라도 했을 거다. 맞습니까?

친치 아마도요.

브릭스 증인은 거짓말을 하나요?

친치 아뇨.

브릭스 확실히 짚고 넘어갑시다, 친치 씨. 돈을 벌 생각에 장물을 사들였고, 궁지에서 벗어나기 위해 고자질은 할지언정 거짓말은 하지 않는다. 맞습니까?

친치 저 지금 거짓말 아닙니다.

브릭스 사실 이 볼든이라는 사람이 이 정보를 활용해보려고 했는데, 친치 씨가 가로챈 거잖아요. 아닙니까?

친치 그렇다고 볼 수도 있겠네요.

브릭스 이상입니다.

오브라이언 친치 씨, 수감 생활을 한 지 얼마나 되셨죠?

친치 사십삼 일요.

오브라이언 재소자들은 경찰한테 알릴 만한 정보가 있는지 찾고 그러나요?

페트로첼리 (차분하게) 이의 있습니다. 질문이 너무 막연합니다.

오브라이언 그럼 이렇게 묻겠습니다, 친치 씨. 볼든 씨는 이 정보를 자기가 활용할 생각이었죠. 맞습니까?

친치 맞아요.

오브라이언 그런데 친치 씨가 써버린 거죠?

친치 예. 교도소에서는 많이들 그렇게 합니다.

오브라이언 친치 씨는 정보를 이용하고 사람을 이용하죠?

친치   가끔요.

오브라이언   친치 씨는 문제의 그 형사와 이야기를 나눈 결과, 지방 검사실에 가서 거래를 했습니다. 그렇죠? 형기를 단축하는 거래를 했죠?

친치   맞습니다.

오브라이언   거래에 만족하십니까?

친치   예.

오브라이언   이상입니다.

페트로첼리   친치 씨, 거짓말을 할 때와 진실을 이야기할 때를 구분할 줄 아십니까?

친치   예, 물론이죠.

페트로첼리   지금 진실을 이야기하고 계신가요?

친치　예.

페트로첼리　이상입니다.

플래시백: 친구 토니와 함께 동네 공원을 걷고 있는 열두 살의 스티브.

토니　나한테 투수를 맡겨야 돼. 난 뭐든지 일직선으로 던질 수 있거든. (돌멩이를 집어 든다.) 저기 가로등 보이지? (돌멩이를 던진다. 가로등 앞에서 튕겨 나온 돌멩이가 한쪽으로 조금 비딱하게 날아간다.)

스티브　잘 던지지도 못하면서. (돌멩이를 주워 던진다. 가로등 너머로 날아간 돌멩이가 어떤 아가씨를 맞힌다. 그 여자와 함께 걸어가던 덩치가 고개를 돌려 사내아이 둘을 발견한다.)

덩치　야, 너희들. 누가 저 돌멩이 던졌어? (스티브와 토니 쪽으로 걸어온다.)

스티브　토니! 도망쳐!

토니 (멈칫멈칫 움직이며) 어? (덩치가 토니에게 주먹을 날린다. 토니가 쓰러지자 덩치가 선 채로 그를 내려다보고, 스티브는 뒷걸음질친다. 아가씨가 덩치를 잡아끌고, 함께 저쪽으로 사라진다.)

공원에 토니와 스티브만 남는다. 토니는 땅바닥에 앉아 있다.

토니 내가 던진 거 아닌데. 네가 던졌잖아.

스티브 네가 던졌다고 말 안 했어. 그냥 도망치라고 했지. 그러게 도망치지 그랬냐?

토니 기관총으로 그 자식 머리를 날려버릴 거야.

7월 7일 화요일

메모:

여기가 너무 싫어서 영화 생각을 거의 할 수가 없다. 하지만 영화 생각을 하지 않으면 미쳐버릴 거다. 여기 사람들은 남을 해치는 이야기만 한다. 누굴 쳐다보면 "뭘 봐? 확 조져버린다!"고 한다. 듣기 싫은 소리를 내도 조져버리겠다고 한다. 어떤 사람은 칼을 가지고 있다. 진짜 칼이 아니라 칫솔 손잡이에 날을 붙인 거다.

여기가 싫다. 여기가 싫다. 몇 번을 써도 내 기분을 제대로 표현하지는 못할 것이다. 여기가 정말, 정말, 정말 싫다!!

장면 전환: 실내: 법정. 증인석에 앉은 웬델 볼든. 키는 보통이지만, 우람한 체격과 큼지막하고 창백한 손의 소유자다. 자신이 화가 났음을 모든 사람들한테 알리고 싶다는 태도다.

페트로첼리 볼든 씨, 체포된 적이 있나요?

볼든 예. 가무침하고 불법 소지로요.

페트로첼리 불법 소지는 판매 목적의 마약 불법 소지를 가리키는 말이겠고, 가무침은 무슨 뜻인지 배심원들에게 알려주시겠습니까?

볼든 가택 무단 침입요.

페트로첼리 친치 씨와 이야기를 나누었을 때는 무슨 혐의로 교도소 생활 중이었나요?

볼든 폭행요.

페트로첼리 하지만 기소가 취하됐죠?

볼든 예, 취하됐어요.

페트로첼리 친치 씨와 어떤 대화를 나눴는지 알려주시겠습니까?

볼든 어떤 친구한테 담배를 얻었는데, 맬콤 X 대로에 있는 편의점이 털릴 때 자기도 있었다고 하더라고요. 죽은 사람이 있다는 걸 알고 있었기 때문에 그 정보를 넘기고 감형 좀 받을까 생각했죠.

페트로첼리 사실 친치 씨도 그 정보를 이용하려 들었죠?

볼든 자기가 아는 형사한테 연락했죠.

페트로첼리 강도사건에 가담한 사람의 이름을 알려주시겠습니까?

브릭스 이의 있습니다! 어떤 대화를 나누었는지에 대해서라면 모를까, 현장에 있지 않은 한 강도사건에 대한 증언은 할 수 없습니다.

페트로첼리 취소합니다……. 그럼 강도사건에 가담했다고 알려준 사람은 누군가요?

볼든 보보 에번스요.

카메라가 옆으로 움직이자 볼든을 힘상궂게 노려보는 킹이 보인다.

장면 전환: 141번가의 현관 앞 계단. 인도에 조그만 세발자전거가 세워져 있는데 바퀴가 하나 없다. 연석의 쓰레기통들이 가득 차서 밖으로 넘친다. 쓰레기 옆에서 여자아이 셋이 줄넘기를 한다.

제임스 킹과 스티브가 계단에 앉아 있다. 여자치고 덩치가 좋은 피치스가 조금 위쪽에 앉아 있고, 남자치고 홀쭉한 조니는 서 있다. 그는 굵게 만 대마초를 피우는 중이다.

킹 (남부 사람처럼 느린 말투로) 에이 씨, 돈을 벌어야 하는데. 궁둥짝을 가리고 있는 거라곤 넝마 조각이 전부니, 원.

스티브 그러게.

피치스 요즘은 입에 풀칠하기도 힘들어. 복지제도며 사회보장이며 먹고사는 데 도움될 만한 건 모조리 줄이겠다고 떠들잖아. 차라리 노예제도를 부활시키는 게 낫겠다.

킹　멤버 하나만 있으면 돈 좀 만질 수 있는데. 배짱 두둑하고, 돈 냄새라면 귀신같이 맡는 놈으로 말이야.

피치스　돈이야 은행에 있잖아.

조니　안 돼. 은행 돈은 너무 위험해. 은행 돈은 죽도록 돌려받으려고 할 거 아냐. 아무도 신경 안 쓰는 막장을 찾아야 해. 내 말 무슨 뜻인지 알지? 외국인 노동자나 불법 체류자를 털면 신고도 못 할 거 아냐.

피치스　음식점 주인들도 돈 많잖아. 우리 동네에 남은 건 음식점, 술집, 편의점뿐이야.

킹　꼬맹이, 네 생각은 어때?

스티브　(킹을 올려다보며) 잘 모르겠는데?

조니　너— 이름이 뭐랬더라? 맞다, 스티브. 넌 언제부터 우리 멤버였냐?

장면 전환: 실내: 법정. 증인석에는 아직도 볼든이 있다.

볼든 그래서 그자가 한 상자당 5달러씩 해서 나한테 두 상자를 넘겼어요. 어디서 난 거냐고 했더니 편의점을 털 때 자기도 같이 있었다고 했고요. 담배만 얻으면 그만이었으니 더 이상 아무 말도 하지 않았죠.

페트로첼리 언제 편의점을 털었는지 이야기하던가요?

볼든 기억이 잘 안 난다고 했어요.

페트로첼리 이런 대화를 나눈 게 언제였죠?

볼든 크리스마스 전날요. 엄마한테 선물로 담배 한 상자를 주었기 때문에 기억이 나요.

페트로첼리 이상입니다.

브릭스 에번스 씨하고 어느 정도로 가까운 사입니까?

볼든 얼굴은 알고 있어요.

브릭스   크리스마스 전에도 알고 지낸 사인가요?

볼든   아뇨.

브릭스   어디 봅시다. 잘 모르는 사람인데, 담배가 어디서 났느
냐고 물었더니 어떤 사람이 살해된 강도사건에 가담했고 거기서
얻은 거라고 이야기를 하더란 말이죠?

볼든   입을 나불대는 거야 자기 마음 아닙니까.

브릭스   실제로 이 사건에 가담했다면 위험할 수도 있는데, 그런
정보를 흘리다니 이상하다는 생각이 들지 않던가요?

장면 전환: 따분해하는 배심원 클로즈업.
장면 전환: 볼든 클로즈업.

볼든   이보세요, 난 관심 없다니까요?

브릭스   폭행에 대한 기소가 취하됐다고 했죠. 맞습니까?

볼든   예.

브릭스   폭행의 경우 최고 형량이 어느 정도죠? 알고 있습니까?

볼든   유죄판결을 받지도 않았는걸요.

브릭스   최고 형량이 어느 정도인지 알고 있습니까?

페트로첼리   이의 있습니다.

판사   기각합니다. 타당한 질문입니다.

브릭스   킹 씨를 밀고한 덕분에 무거운 형량을 피할 수 있었던 거죠. 그렇죠?

볼든   올바른 일을 하고 싶었을 뿐입니다. 그 뭐냐, 모범 시민처럼 말이죠.

브릭스   (화난 얼굴로) 교도소에서 모범 시민이 되려고 노력했다는 겁니까? 누구를 집어넣건, 그저 교도소 신세를 면하려 했던 게 아니고요? 맞죠? 그렇죠?

페트로첼리　이의 있습니다! 피고 측 변호사는 선을 넘었습니다.

판사　한숨 돌릴 때가 된 것 같군요. 오늘 오후에 처리해야 할 업무가 있어서 말이지요. 내일까지 휴정합시다. 이 사건에 대해 어느 누구하고도 의논해서는 안 된다는 사실을 배심원 여러분께 다시 한 번 말씀드리는 바입니다. 내일 오전 9시에 다시 만납시다.

장면 전환: 실내: 교도소. 밤이다. 불빛이라고는 벽을 따라 늘어선 희미한 야간 조명이 전부다. 누군가를 규칙적으로 주먹질하는 소리가 들리는 가운데, 폭행의 출처를 찾으려는 듯 카메라가 복도를 따라 천천히 움직인다. 어떤 재소자를 때리는 두 재소자의 실루엣이 보인다. 또 한 재소자가 망을 보고 있다.

장면 전환: 간이침대에 누워 있는 스티브 클로즈업. 그의 감방에서 들리는 소리지만, 그가 구타 대상은 아니다. 흰자위가 보이는가 싶더니, 때리는 소리가 그치고 구타당하던 재소자를 성폭행하는 소리가 시작되자 그의 눈이 감긴다.

페이드아웃.

페이드인: 실내. 스티브의 집. 가구들이 말끔하고 깨끗하다. 스티브가 열한 살인 동생 제리와 함께 텔레비전을 보고 있다.

제리　형은 초능력자가 되고 싶었던 적 있어? 사람들을 구하고 뭐 그러는 사람 말이야.

스티브　물론이지. 나는 누가 되고 싶었게? 슈퍼맨. 안경 같은 걸 쓰고 있다 사람들이 집적대면 혼쭐을 내주는 거지.

제리　형은 진짜 멋진 초능력자가 될 거야. 형은 누가 돼야 하는지 알아?

스티브　누구?

제리　배트맨. 그래야 내가 로빈이 될 수 있잖아. (스티브가 애정을 담아서 제리를 쿡 찌른다.)

페이드아웃.

7월 8일 수요일

교도소에서는 자살하지 못하도록 아무리 낡은 구두끈과 허리띠라도 압수한다. 죽지 못하게 하는 것도 처벌의 일부인 것 같다.

우스운 이야기지만, 법정에 앉아 있으면 내가 이 사건의 당사자처럼 느껴지지 않는다. 변호사와 판사와 기타 등등이 나와 관계있는 일을 하고 있는데, 나한테는 주어진 역할이 없는 기분이다. 감방으로 돌아간 뒤에야 내가 당사자라는 걸 느낄 수 있다.

오브라이언 변호사가 말하길 페트로첼리는 제임스 킹이나 나로 이어지는 실마리의 일부분으로 볼든의 증언을 활용하는 것이라고 했다. 내가 보기에 그녀의 짐작은 틀렸다. 증인들의 모든 것을 폭로하고 몹쓸 인간처럼 보이게 만든 다음, 그들이 킹이나 나와 다를 바 없다는 사실을 배심원들에게 일깨우는 것이 검찰 쪽의 목적이다.

영화에서 제리와 내가 장식한 마지막 장면은 마음에 든다. 나를 현실 속의 인물처럼 그리고 있다.

썬쎗이라고 불리는 친구가 대본을 읽어봐도 되겠냐고 하기에 읽어보라고 했다. 그는 마음에 든다고 했다. 대본의 제목이 마음에 든다고 했다. 교도소에서 나가면 '괴물'이라는 단어를 이마에 문신으로 새기겠다고 했다. 나는 이미 그런 문신이 새겨진 기분이다.

오늘 오후에는 어떤 목사가 교도관과 함께 휴게실로 찾아왔다. 자기하고 이야기를 나누거나 잠깐 기도를 함께 하고 싶은 사람이 있냐고 했다. 두 사람이 그러고 싶다고 했다. 내가 손을 들려는 순간, 부인을 살해한 죄로 재판을 앞둔 린치가 목사에게 욕을 퍼붓더니 누구든 목사와 이야기를 하고 착한 척해봐야 죄인일 뿐이라고 했다. 이제 와서 독실한 척해봐야 이미 늦었다는 것이다.

적어도 내 입장에서는 맞는 말이었다. 나는 착한 사람처럼 보이고 싶다. 나는 내가 착한 사람이라고 믿기 때문에 착한 사람이라고 느끼고 싶다. 하지만 이런 사람들과 여기 있다 보면 내가 그들과 다르다는 생각을 하기가 힘들다. 일단 겉모습이 비슷하고, 내가 좀 더 어리기는 하지만 모두들 상당히 젊다는 걸 알아차릴 수밖에 없다. 배심원들에게 나의 인간적인 면을 부각하는 것이 자기가 해야 할 일의 일부라고 한 오브라이언 변호사의 말이 무슨 뜻인지 알 것 같다.

린치가 목사에게 욕을 퍼붓기 시작하자 교도관들이 목사를 밖으로 데리고 나간 다음 돌아와서 텔레비전을 끄고 모두들 감방으로 돌아가게 했다.

메모:

간밤에 꿈을 꾼 다음부터 잠을 설쳤다. 꿈의 배경은 법정이었다. 내가 질문을 하려고 하는데, 아무도 내 소리를 듣지 못했다. 아무리 소리를 질러도 모두들 내가 거기 없는 것처럼 자기 일만 했다. 잠결에 고함을 지르지 않았어야 할 텐데. 그러면 남들 눈에 약해 보일 것이다. 여기서는 약해 보이면 끝장이다.

아침마다 우리는 자리에서 일어나 재판용 옷을 입는다. 다들 변호사처럼 말하고, 나이 많은 사람들은 항소와 판사의 '실수' 얘기만 한다.

몸이 안 좋다. 배에 가스가 차서 빵빵하다. 나는 아직도 다른 사람들 앞에서 볼일을 보지 못한다.

법정에 도착해보니 속기사가 전선을 잘못 가지고 온 바람에 재판이 연기되었다고 했다. 법원 직원이 흰개미 이야기를 하고 있었다.

페이드인: 법정. 스티브와 킹이 벤치에 수갑으로 묶여 있다. 법원 직원들과 페트로첼리, 속기사, 판사, 브릭스, 오브라이언이 있다.

직원 1   그래서 이 사람이 우리 집을 찾아가서는 집사람한테 흰개미가 있다고 하더랍니다. 퇴근해보니까 집사람이 어쩔 줄 몰라 하고 있더라고요. 그래서 흰개미가 있을 리 없다고 했죠. 절대 없다고.

판사   흰개미를 본 적은 있고?

직원 1   도대체 흰개미가 어떻게 생긴 거죠?

오브라이언   날개 달린 개미처럼 생겼어요.

직원 1   그럼 본 적 없어요.

직원 2   흰개미는 나무 속에 숨어 산다고 하던데요.

판사   나무 속에 사는데 날개가 뭐 하러 달렸는지 이해가 안 되는군.

페트로첼리　범죄 현장에 대한 진술을 해도 될까요?

판사　이의 있습니까?

브릭스　누가 읽을 건가요?

판사　서기가 읽도록 하죠.

브릭스　그럼 이의 없습니다.

오브라이언　형사는 어쩌고요?

페트로첼리　치질 수술이 잘못됐대요.

브릭스　잠깐만요. 그건 금시초문인데. 형사를 한두 시간 정도 증인석에 세울 수는 있겠죠?

장면 전환: 페트로첼리 클로즈업.

페트로첼리　카릴 형사님, 편의점에 들어섰을 때 마주친 광경을 이야기해주시겠습니까?

카릴 클로즈업.

카릴   정말 소름 끼치더군요.

장면 전환: 실내: 카메라가 편의점의 여러 통로를 훑는다.

장면 전환: 호쎄 델가도 미디엄샷. 슬로 모션으로 움직이는 호쎄 델가도.
창백한 얼굴로 카메라 밖 어딘가를 초조하게 훔쳐본다. 그러다 카릴 형사에
게 무언가를 설명한다. 계산대에 기대 서 있는 카릴 형사는 몸집이 크고 구부
정하다.

장면 전환: 열려 있는 금전 출납기.

장면 전환: 법정.

페트로첼리   이게 그 당시 찍은 사진들인가요?

카릴   사건 현장 전담 사진사가 찍은 겁니다.

오브라이언   저도 볼 수 있을까요?

미디엄샷: 페트로첼리가 사진을 건네자 오브라이언이 자기 앞 책상 위에 올려놓는다.

장면 전환: 사진들 클로즈업. 살해당한 편의점 주인 네스빗의 다리가 보인다.

장면 전환: 기괴한 자세로 누운 시신을 여러 각도에서 촬영한 흑백 사진들. 플래시 터지듯 번갈아 보이는 사진들의 대비가 점점 더 심해지고 희미해져 알아볼 수 없는 정도가 된다.

페트로첼리 카릴 형사, 시신을 발견했을 때 희생자가 살아 있다는 징후 같은 건 없었나요?

카릴 아뇨. 그래도 기본 절차에 따라 응급 의료진을 불렀습니다.

페트로첼리 그런 다음 금전 출납기가 열려 있는 걸 알아차렸나요?

카릴 그렇습니다. 그리고 바로 그때 직원한테 없어진 물건이 없냐고 물었죠. 이런 사건들을 보면 기침약이 없어지거나 판매가 제

한된 약품 상자를 열려고 한 흔적이 남아 있거나 한 경우가 많거든요. 어떤 약품이건 사겠다는 사람이 있으니까요.

페트로첼리 다른 단서들이 있나 찾아보셨나요? 뭔가 있던가요?

카릴 다른 단서가 있는지 찾아보았지만, 아무것도 발견하지 못했습니다.

페트로첼리 그러다 결국 사건의 용의자들을 심문하기 시작했죠. 용의자들은 무슨 수로 찾았나요?

카릴 정보를 알고 있을 만한 사람들을 몇 명 심문했죠. 그러고 나서 담배의 출처에 대해 알고 있다고 주장하는 제보를 받았고요.

페트로첼리 그게 친치 씨였죠?

카릴 맞습니다. 볼든 씨에 대해 알려주더군요. 그다음 볼든 씨가 에번스 씨와 킹 씨에 대해 알려주었고요.

페트로첼리 그런데 친치와 볼든, 두 사람 모두 그런 제보를 한 목적이 있었나요?

카릴 살인사건의 경우, 밀고자의 도움을 많이 받습니다.

페트로첼리 그런 다음 킹 씨를 만났고요?

카릴 킹 씨와 공범 몇 명을 만났습니다.

페이드아웃.

페이드인: 실내: 28번 지구. 스티브가 길고 거무스름한 벤치에 앉아 있다. 무릎 근처에서 자른 청바지, 운동화, 티셔츠 차림이다. 근처 땅바닥에 놓인 농구공이 보인다. 카릴 형사가 스티브의 맞은편에 앉아 있다. 그는 치즈버거를 먹고 있다. 가끔 입 안 가득 치즈버거를 넣고서 이야기를 한다. 흑인 형사인 아서 윌리엄스가 탁자 가장자리에 앉아 있다. 스티브와 거의 비슷한 차림새고, 기껏해야 몇 살 정도 많아 보인다.

카릴 네가 총을 쐈다며? 킹 말로는 일이 끝났는데, 네가 돌아서더니 네스빗을 쐈다고 하더군. 왜 그런 거냐? 이해가 안 되네.

스티브 무슨 말씀을 하시는 건지 모르겠네요. 저는 권총강도에 낀 적 없어요.

카릴 목격자를 살려두고 싶지 않았던 거겠지.

윌리엄스 뭐 하러 이 녀석을 데리고 실랑이를 벌이세요? 이 녀석, 필요 없잖아요. 이미 끝난 일 아닙니까?

카릴 지방 검사는 사형을 생각 중이야.

윌리엄스 사형이요? 판사가 가석방 없는 종신형으로 밀고 나갈 겁니다. 만약 자백하면 종신형 대신 25년형을 선고할지도 몰라요. 그래야 돈이나 시간이나 엄청 절약될 테니까요.

카릴 글쎄? 희생자는 그 동네에서 존경받던 인물이었어. 열심히 일해서 출세한 흑인이었지. 심지어 리틀 리그 팀까지 후원했다고. 끝까지 무죄를 주장하면 판사가 사형 쪽으로 갈 수도 있어.

윌리엄스 이 녀석은 겨우 열여섯 살인걸요. 죽이지는 않을 겁니다.

카릴 뭐야. 자네, 비관론자인가? 최상의 결과를 기대해야지.

장면 전환: 으스스한 실내 샷: 사형수 감방. 스티브가 양옆의 교도관과 함께 복도를 걷고 있다. 사형실로 옮겨지는 중이다. 두 교도관의 얼굴이 푸르스름할 정도로 창백하다. 두 교도관이 독극물을 주입하는 탁자에 스티브를 눕히고 끈으로 고정시킨다.

스티브의 얼굴 클로즈업. 공포에 질려 있다.

보이스오버   (카메라는 스티브의 얼굴에 초점이 맞춰져 있다.) 다리 벌려. 죽으면서 똥칠하지 않게 엉덩이를 틀어막아야 하니까.

엉덩이를 틀어막자 스티브가 아파서 우거지상을 짓는다.

장면 전환: 실내: 법정. 카릴이 아직도 증인석에 있고, 브릭스가 반대 심문 중이다.

브릭스   현장에서 지문을 채취했습니까?

카릴   범죄 현장 전문가들이 범인의 것으로 추정되는 지문을 발견하지 못한 것으로 알고 있습니다.

브릭스   이번 사건의 경우, 조사는 건너뛰고 *끄나풀*한테 달려갔다고 봐도 되겠죠?

카릴 저희는 모든 사건을 신중하게 처리합니다. 시늉만 하지는 않아요.

브릭스 누군가 금전 출납기를 만졌는데, 지문은 나오지 않은 거 맞죠?

카릴 선명한 지문은 없었습니다.

브릭스 계산대는 어떻습니까? 그곳도 지문 조사를 하셨나요?

카릴 증거로 활용할 수 있을 만큼 선명한 지문은 없었습니다.

브릭스 수감자나 체포된 사람이 누군가를 악당이라고 증언하는 경우는 사실 흔하지 않은가요?

카릴 저희는 모든 정보를 확인합니다. 확증이 없는 한 누구나 무죄라는 가정하에 출발하고요.

브릭스 하지만 지문은 확인하지 않는다?

카릴　있으면 확인을 하죠.

브릭스　그렇군요. 이상입니다.

장면 전환: 실내: 교도소. 나이 든 재소자가 발목까지 바지를 내리고 변기에 앉아 있다.

나이 든 재소자　몇 년 감옥살이를 하게 될 거다. 사람이 죽었으니 형을 살아야지. 그래야 공평하잖아. 도대체 네가 왜 풀려나야 하냐? 젊으니까 그렇다는 대답은 하지 마라. 사람이 죽은 마당에 나이는 상관없으니까. 네가 왜 풀려나야 하냐?

스티브　인간이니까요. 저도 살고 싶다고요! 그게 뭐 잘못인가요?

나이 든 재소자　아니. 하지만 따라야 할 규칙이 있는 거야. 죄를 지었으면 형을 살아야지. 쓰레기처럼 굴었으면 쓰레기 취급을 받는 거고.

재소자 2　얼씨구, 목사님 나셨네. 그런데 여기가 어딘 줄은 아는 거야? 호텔이 아니라고.

나이 든 재소자   하지만 나는 불평 같은 건 안 하잖아.

재소자 2   만약 쟤가 결백하면 어쩔 건데?

나이 든 재소자   너, 결백하냐?

스티브   예.

나이 든 재소자   그래? 그럼 다른 사람이 형을 살아야겠네. 다른 사람을 가둘 거다.

재소자 3   무슨 수로 결백하다는 걸 보여줄 건데? 재판을 여는 이유가 그거잖아. 배심원들한테 결백한지 아닌지 판결을 맡기려는 거. 지금 왈가왈부해봐야 소용없어.

나이 든 재소자   뭐, 어쨌거나. 신문 있는 사람?

페이드아웃.

페이드인: 실내: 대기실. 오브라이언이 들어와 스티브와 함께 벤치에 앉는다. 스티브의 손목을 채운 수갑이 벤치에 연결되어 있다.

오브라이언　(수갑을 가리키며) 이럴 필요까진 없는데.

스티브　누구 말을 들어야 하는지 보여주고 싶은 거죠, 뭐. 재판이 어떻게 될 것 같아요?

오브라이언　점점 나아지길 바라야지.

스티브　(깜짝 놀라며) 무슨 일 있어요?

오브라이언　그게…… 솔직히 너의 무죄를 입증할 증거가 없거든. 배심원 선정 과정에서 우리 질문에 뭐라고 대답을 했건 간에 배심원들 중에 절반은 너를 본 순간부터 유죄라고 믿고 있을 거야. 너는 어리고, 흑인이고, 재판을 받고 있어. 그것 말고 무슨 정보가 필요 있겠니?

스티브　유죄로 입증되기 전까지는 무죄라고 들었는데, 아닌가요?

오브라이언 맞아. 하지만 실제로는 배심원들이 사건을 어떤 식으로 보느냐에 따라 달라지거든. 누가 거짓말을 하고 있는가를 둘러싼 피고와 검사 간의 공방전이라고 생각하면 검사 편을 들 거야. 검사는 아주 중요한 인물인 것처럼 걸어 다니고 있잖니. 검사를 가리켜 나쁜 사람이라고 욕하는 사람은 아무도 없어. 하지만 너는 괴물이라는 욕을 듣고 있어. 배심원들은 속으로 이렇게 생각할 거야. 검사가 무엇 때문에 거짓말을 하겠느냐고. 검사가 거짓말을 한 게 아니라 단순한 실수였다는 걸 보여주는 게 우리가 해야 할 일이야. 몸은 어떠니? 아직도 배가 아파?

스티브 좀 나아졌어요.

오브라이언 오늘 오후에 중요한 증인이 출두할 예정이야. 오스발도 크루스라는 사람인데, 혹시 아는 거 있니?

장면 전환: 실외: 동네 현관 앞 계단. 열네 살의 오스발도 크루스는 호리호리하고 몸집이 탄탄하다. 왼쪽 팔뚝에는 악마의 머리 문신이, 오른손 엄지와 검지 사이 손등에는 단검 문신이 있다. 열여섯 살의 터프한 프레디 얼루는 앉아서 호출기를 만지작거리며 고치려고 애를 쓴다. 스티브는 그들과 함께 앉아 있다.

프레디 　(스티브에게) 너 어느 학교 다니냐?

오스발도 　시내의 그 찌질이 학교 다닌대. 찌질이 되는 법만 가르치는 거기.

프레디 　저 자식이 저렇게 깔짝대는데 내버려 두냐?

오스발도 　지가 어쩔 거야. 나를 건드렸다가는 디아블로스한테 뼈도 못 추릴 텐데. 안 그러냐, 찌질아?

스티브 　별 볼일 없는 네 엉덩이쯤이야 언제든지 걷어차 줄 수 있어.

오스발도 　어이구, 그러셔? 그럼 와서 한번 차보지그래?

프레디 　너, 조심하는 게 좋을 거다. 쟤 질 나쁜 애들이랑 어울리거든.

오스발도 　어울리기는 개뿔. 병신처럼 괜히 나대기나 하지. 안 그래, 스티브? 안 그러냐고?

스티브   입 다물어라.

오스발도   깡도 없는 병신 주제에. 누구나 다 아는 사실이지. 요즘 어떤 놈들하고 어울리는지 모르겠지만, 작업이 끝나면 넌 그길로 아웃이야.

스티브   그렇겠지. 근데 넌 아닐 것 같아?

장면 전환: 실내: 법정. 오스발도가 증인석에 있다.

오스발도   (조심스럽게, 겁먹은 목소리로) 보보가 도와주지 않으면 제 몸을 토막 내겠다고 했어요.

장면 전환: 메모지에 뭔가를 적는 스티브.

오스발도의 클로즈업.

오스발도   제 몸을 토막 내고, 우리 엄마한테도 그러겠다고 했어요. 저는 보보가 정말 무서웠어요.

페트로첼리   보보가 누굴 해치는 걸 본 적 있나요?

오스발도 자기 구역에서 어떤 놈을 묵사발로 만들었다는 얘길 들은 적 있어요.

브릭스 이의 있습니다.

판사 인정합니다.

페트로첼리 보보가 자기 밥그릇 안에서 누굴 해친 적 있는지 실제로 알고 있나요?

브릭스 이의 있습니다! 검사는 배심원들에게 용어 해설집을 배포할 생각이 아닌 이상 비속어 사용을 자제해주기 바랍니다.

판사 기각합니다.

오스발도 보보가 말하길 자기 구역에서 어떤 사람을 찔러서 콩밥을 좀 먹었다고 했어요.

페트로첼리 보보가 몇 살인지 알고 있나요?

오스발도 스물두 살요.

페트로첼리 그럼 오스발도는 몇 살이죠?

브릭스 이의 있습니다! 왜 갑자기 증인의 이름을 부르는 겁니까?

페트로첼리 그럼 크루스 씨는 몇 살이죠?

오스발도 열네 살이요.

페트로첼리 증인은 144번가에 살고 있죠. 맞나요?

오스발도 예, 학교 맞은편에요.

페트로첼리 지금부터 이름을 죽 부를 테니 아는 이름이 있으면 알려주세요. 제임스 킹?

오스발도 예, 파란 양복을 입고 저 탁자에 앉아 있는 사람이에요.

페트로첼리 크루스 씨가 킹 씨의 얼굴을 확인했다고 기록에 남겨주시기 바랍니다. 스티브 하면?

오스발도 맞은편 탁자에 앉아 있는 흑인이죠.

페트로첼리 크루스 씨가 스티브 하먼의 얼굴을 확인했다고 기록에 남겨주시기 바랍니다. (오스발도 쪽으로 고개를 돌리며) 좋아요. 에번스 씨, 그러니까 보보가 어떤 제안을 하던가요?

브릭스 유도 심문입니다!

페트로첼리 재판관님, 크루스 씨는 미성년자입니다!

브릭스 미성년자? 적대적 증인이 아니고요?

페트로첼리 아뇨. 적대적인 쪽은 브릭스 변호사죠.

판사 불필요한 발언입니다, 페트로첼리 검사. 크루스 씨를 적대적 증인으로 부른 게 아니지 않습니까.

페트로첼리 크루스 씨. 에번스 씨, 그러니까 보보의 협박이 얼마나 실감 나게 느껴지던가요?

오스발도   진짜 같았어요. 나를 정말 묵사발로 만들어버릴 것 같았어요.

페트로첼리   킹 씨가 무서웠나요?

브릭스   이의 있습니다! 검사가 증인 대신 증언을 하고 싶은 거라면 좋습니다. 증인 선서부터 하세요. 하지만 그런 식으로 유도 심문하면 안 되는 겁니다.

판사   인정합니다.

페트로첼리   증인도 이 강도사건에 가담했나요?

오스발도   예.

페트로첼리   왜요?

오스발도   그 사람들이 무서웠어요. 다들 나보다 나이도 많거든요.

페트로첼리   정확히 누가 무서웠다는 거죠?

오스발도 보보, 제임스 킹, 그리고 스티브 하면요.

페트로첼리 그리고 실제로 증인을 협박한 사람은 보보 한 명이었나요?

브릭스 또 시작이로군요!

판사 뭐가 시작이라는 겁니까? 그건 유도 심문이 아닙니다. 그게 유도 심문이라는 건가요? 자자, 이제 쉬었다 가기로 합시다. 하룻밤 푹 자고 나면 우리 모두 좀 더 호의적이 될지도 모르는 일이니까.

배심원들이 줄지어 나가는 광경 롱샷. 그들이 퇴장하자 교도관들이 다가와 스티브와 제임스 킹에게 수갑을 채운다. 스티브 옆을 지나가는 오스발도 미디엄샷. 두 사람의 눈이 잠깐 마주치는가 싶더니 오스발도가 고개를 돌린다.

점점 암흑으로 변하는 화면.

7월 9일 목요일

상황이 안 좋다는 오브라이언 변호사의 말은 정말로 실망스러웠다. 검사는 오스발도가 어떤 녀석인지 알고 있을까? 나는 어떤 녀석인지 알고 있을까? 궁금하기나 할까?

오늘 아침에는 옆 감방의 한 사람이 판결을 기다리고 있다. 그의 이름은 애씨다. 그는 사람들이 뭐라 하건 상관없다고 말하고 다녔다. 그는 수표를 현금으로 바꾸어주는 가게를 털고, 경비를 쏘았다.

"그래 봐야 감옥에 넣기밖에 더하겠어? 내 영혼은 건드리지 못해."

그는 돈이 필요했다면서, 여유가 생기면 갚을 계획이었다고 했다. 하나님은 이해하실 테고 또다시 기회를 주실 거라고 했다. 그러더니 울음을 터뜨렸다.

그의 눈물이 가슴에 와 닿았다. 오브라이언 변호사가 말하길 판사가 나한테 종신형 대신 25년형을 내릴 수 있다고 했다. 만약 그러면 최소한 21년 3개월을 복역해야 한다. 그렇게나 오랫동안 교도소에 있는 것은 상상이 안 된다. 나도 애씨와 함께 울고 싶었다.

옷을 입는데 속이 아팠다. 엄마가 나를 위해 깨끗한 셔츠와 속옷을 맡겨놓았다. 부엌에서 셔츠를 다리는 엄마의 모습을 떠올렸다. 나는 내 생각, 앞으로 어떻게 될까 그런 생각만 하고, 가족들 생각은 별로 하지 않는다. 엄마가 나를 사랑하는 건 알지만, 무슨 생각을 하고 있을지 모르겠다.

네스빗 씨. 나는 네스빗 씨를 생각하면서 법원에서 오간 사진들을 떠올렸다. 사진이 배심원들에게 건네졌을 때 나는 쳐다보지 않았지만, 이후 배심원들이 퇴장했을 때 오브라이언 변호사가 가져다 우리 탁자 위에 올려놓았다. 사진에 대해서 뭐라고 끼적이기는 했지만, 내가 봐주길 바라는 눈치였다. 그래서 나는 사진들을 보았다.

네스빗 씨는 오른발이 뒤집혀 있었다. 축켜올려진 왼팔은 팔꿈치에서 구부러져 손가락들이 관자놀이에 닿을락 말락 했다. 눈은 게슴츠레 뜨고 있었다.

오브라이언 변호사가 나를 바라보았다. 안 봐도 알 수 있었다. 내가 어떤 녀석인지 알고 싶었던 거다. 스티브 하먼은 어떤 녀석일까? 나는 셔츠를 벌리고, 내가 진짜 어떤 녀석인지, 스티브 하먼이 진짜 어떤 녀석인지 속을 들여다보라고 말해주고 싶었다.

나는 그런 생각을 하고 있었다. 내 속에 뭐가 들었고 내가 어떤 성격인지 하는 생각. 나는 나쁜 사람이 아니다. 속을 들여다보면 절대 나쁜 사람이 아니다.

어제, 교도소로 돌아오기 직전에 오브라이언 변호사에게 자기 얘기를 해달라고 부탁했다. 그녀는 뉴욕의 퀸스에서 태어났다고 했다. 비숍 맥도널 고등학교와 브루클린의 쎄인트 조지프 대학을 졸업했고, 그런 다음 뉴욕 대학교의 법학대학원까지 마쳤다.

"그리고 지금은 이렇게 살고 있고."

그녀는 별 볼일 없다는 투였지만, 내가 듣기에는 훌륭한 인생이었다.

법정 입구 맞은편의 대기실에서 교도관들이 사는 이야기를 나누고 있었다. 한 명은 아이 이를 치료하는 데 얼마나 돈이 드는지 이야기하려고 했다. 아이가 없는 다른 교도관은 양키스의 성적에 대해 이야기하려고 했다.

배심원 한 명이 지각했기 때문에 재판이 늦어지고 있었다.

미혼인 교도관이 말했다.

"그 귀여운 금발 여자 말이야, 집을 나서려는데 남편이 무슨 부탁을 한 거 아닐까?"

교도관들이 웃음을 터뜨렸다. 재미있는 농담인 모양이다.

기다리는 동안 교도관들이 킹을 데리고 들어와 수갑을 채우고 내 근처에 앉혔다. 나는 영화를 생각하면서 어떤 식으로 카메라 앵글을 잡을까 고민했다.

킹한테서 두 가지 냄새가 났다. 애프터셰이브 로션을 바르고, 머리에 기름 비슷한 걸 칠해서 그런 거였다. 로션과 기름 냄새가 서로 겉돌았다. 제발 나한테 아무 말도 하지 마. 나는 속으로 이렇게 기도했다.

"밝혀진 건 아직 하나도 없어. 석방시킨 거 보면 오스발도는 별게 없었던 거야. 누가 봐도 알 수 있는 거지만."

나는 아무 대답도 하지 않았다.

"협상할 생각이냐?"

킹이 입술을 실룩이면서 실눈을 떴다. 어쩌려는 걸까? 날 겁주겠다고? 갑자기 킹이 우스워 보였다. 볼 때마다 킹과 같은 터프가이가 되고 싶었는데, 수갑을 차고 앉아서 나를 겁주려고 드는 지금의 모습이라니. 무슨 수로 겁주겠다는 거지? 나는 매일 밤, 제정신이 아닐 만큼 겁에 질린 상태로 잠자리에 든다. 눈을 감을 때마다 악몽을 꾼다. 같은 교도소에 있는 이 사람들에게 말을 걸기가 두렵다. 교도관들도 무섭다. 우스워서 웃음이 나왔다. 교도소 사람들은 몸으로 보여준다. 이곳에서는 눈빛으로 상대방을 겁줄 수 없다.

법원 직원이 들어와서 우리를 데리고 갔다. 법정에 들어섰더니 앞줄에 무더기로 앉아 있는 아이들이 보였다. 중학교 참관 수업인 것 같았다.

인솔 교사가 말했다.

"재판이 시작되면 잡담 금지다. 재판은 미국 사법제도의 일환이고, 우리는 사법제도의 모든 부분을 존중해야 하는 거야."

내가 쳐다보자 아이들은 잽싸게 고개를 돌렸다.

나는 자리에 앉아서 똑바로 앞을 바라보았다. 그 아이들이 앉은 자리에 앉아서 피고인의 등을 보고 있는 내 모습을 상상하기란 어려운 일이 아니었다.

페이드인: 실내: 법정. 배심원들 미디엄샷. 예쁘장한 흑인 배심원 클로즈업. 미소를 짓고 있다.

장면 전환: 스티브 클로즈업. 미소를 짓는다.

장면 전환: 예쁘장한 흑인 배심원 클로즈업. 정색하고 홱 하니 고개를 돌린다.

법정 미디엄샷. 스티브가 탁자에 고개를 묻는다. 오브라이언이 일으켜 세운다.

오브라이언   네가 포기하면 저들도 널 포기할 거야. (화가 난 목소리로) 고개 들어!

스티브가 고개를 든다. 얼굴 위로 눈물이 흐른다. 그가 눈물을 닦는 동안 다시 오스발도를 심문하기 시작한 페트로첼리의 보이스오버가 들린다.

페트로첼리   리처드 에번스, 그러니까 보보라는 별명으로 불리는 사람이 어떤 제안을 하던가요?

오스발도   장소 물색이 모두 끝났다고 했어요. 그러니까 저는 쫓아오려는 사람이 있으면 훼방만 놓으면 된다고요. 저는 그런 사람이 있으면 쓰레기통을 넘어뜨릴 생각이었죠.

장면 전환: 매우 자신만만해 보이는 페트로첼리. 잠시 후 법정 정면 미디엄샷.

페트로첼리　보보가 다른 공범들을 언급했을 때 이번 강도사건에서 각자 맡은 역할을 이야기하던가요?

오스발도　(이야기를 하는 동안 점점 터프해진다.) 자기하고 제임스 킹이 가게 안으로 들어가서 쓸어버릴 거라고 했어요. 스티브는 망을 볼 거라고 했고.

페트로첼리　수입은 어떻게 나눌 계획이었죠?

오스발도　모두 한 입씩 맛을 보기로 했어요. 정확한 금액은 모르겠고. 하지만 모두 한 입씩 맛을 보기로 한 건 맞아요.

페트로첼리　증인은 그 한 입, 그러니까 수익금 때문에 이 강도사건에 가담한 건가요?

오스발도　아뇨. 보보가 무서워서 그런 거예요.

페트로첼리　크루스 씨, 증인은 지금 아는 친구들에게 불리한 증언을 하고 있어요. 정부에서 주기로 한 특혜 때문에 증언을 하는 건가요?

오스발도　예.

페트로첼리　이상입니다.

천천히 단상으로 걸어가는 브릭스 미디엄샷. 오스발도는 분명 중요한 증인이고, 브릭스는 그에 걸맞은 대접을 한다.

브릭스　크루스 씨, 체포되었을 때 이번 사건에서 어떤 역할을 맡았는지 경찰에 진술했습니까?

오스발도　예.

브릭스　이번 사건의 공범이라고 경찰에 인정했죠. 그렇죠?

오스발도　뭐요?

브릭스　이번 사건에 가담한 사람 중 한 명 아닌가요?

오스발도　예, 맞아요.

브릭스　그러니까 실질적으로 증인은 한 사람이 살해된 범죄에 깊이 연루되어 있었던 겁니다. 맞습니까? 그렇게 생각하죠?

오스발도　아마도요.

브릭스　그리고 지금은 골치 아프게 됐으니 이런 상황에서 벗어날 수만 있다면 무슨 짓이든 마다하지 않겠죠? 거짓말을 하건, 다른 사람들에게 뒤집어씌우건, 무슨 짓을 해서라도 말입니다.

오스발도　아뇨.

브릭스　그래서 지방 검사보가 철창신세를 면하게 해주겠다며 조건을 제시하니까 덥석 달려든 거죠?

오스발도　저는 법정에서 거짓말하지 않습니다. 저는 지금 진실을 이야기하고 있어요.

브릭스 아, 진실을 이야기하고 있다니 다행입니다, 크루스 씨. 하지만 한 가지만 물어봅시다. 크루스 씨, 검사가 선택권을 주지 않던가요? 증인이 교도소에 갈 건지 아니면 다른 사람을 교도소로 보낼 건지. 둘 중 하나를 선택한 것 아닌가요?

오스발도 저는 거짓말이나 하고 다니는 인간이 아니에요. 가뜩이나 선서를 한 상황에서는.

브릭스 오늘 선서를 했죠, 그렇죠? 선서를 한 상황에서는 거짓말을 하면 안 되는 거죠?

오스발도 그럼요.

브릭스 선서를 한 상황에서 거짓말을 하면 안 되지만, 편의점에 들어가서 권총강도질을 하는 건 괜찮다? 아주 멋지네요.

오스발도 그건 실수였어요.

정떨어진다는 표정을 짓는 브릭스의 얼굴 클로즈업.

브릭스   이상입니다.

오브라이언이 자리에서 일어나 단상으로 간다.

오브라이언   오스발도, 어쩌다 체포되었는지 알고 있나요?

오스발도   여자친구하고 싸웠는데, 걔가 경찰을 불렀어요.

오브라이언   싸웠다고요? 그러니까 말다툼을 벌였다는 건가요? 말싸움을?

오스발도   (차분하게) 내가 다른 여자앨 임신시킨 걸 알게 됐거든요.

오브라이언   증인은 폭력조직에 소속돼 있나요?

오스발도   아뇨.

오브라이언   제가 입수한 정보에 따르면 디아블로스라는 폭력조직 소속이라던데, 잘못된 정보란 말이죠?

두둥 하는 북소리.

오스발도 아뇨, 맞아요. 디아블로스 소속이에요.

오브라이언 그러니까 처음 대답이 거짓말이었다?

오스발도 (페트로첼리 쪽을 보며) 실수한 거예요.

오브라이언 강도사건도 실수였다고 했죠. 그럼 실수와 거짓말의 차이가 뭔지 알려줄래요?

오스발도 (짜증을 내며) 이봐요, 나는 지금 새출발 하려는 중이라고요. (배심원들을 쳐다보며) 실수를 저질렀지만, 이제는 제대로 살 때가 되지 않았나 싶어서요.

오브라이언 어떻게 이 조직에 들어가게 됐죠, 크루스 씨? 조직원이 되려면 해야 하는 게 있나요?

오스발도 (더욱 터프한 태도로) 이미 조직 안에 들어가 있는 사람하고 싸워서 배짱이 있다는 걸 보여줘야 해요.

오브라이언 다른 건 없고요? 칼을 쓴다든지 하는.

오스발도 다른 사람의 몸에 자기 흔적을 남겨야 돼요.

오브라이언 다른 사람의 몸에 '자기 흔적을 남긴다'는 게 어떤 건지 배심원 여러분께 설명해주시기 바랍니다.

오스발도 칼로 상처를 입히는 거예요.

오브라이언 그러니까 디아블로스라는 이 조직에 가입하려면 기존의 조직원과 싸움을 벌인 다음 누군가에게 상처를 입혀야 하는군요. 보통은 모르는 사람의 얼굴에 상처를 남겼다던데, 맞나요?

오스발도 지금은 안 그래요.

오브라이언 하지만 크루스 씨는 그래야 하지 않았나요?

오스발도 예.

오브라이언 그런데 이제 와서 늘 하던 일이 아니라 보보가 무서워서 이 강도사건에 가담했다는 이야기를 믿으라는 건가요?

오스발도   무서웠던 거 맞아요.

오브라이언   증인을 심문한 지방 검사보에게 디아블로스 조직원이었다는 이야기를 했나요?

오스발도   예, 했어요.

오브라이언   증인은 디아블로스에 가입하기 위해 기존의 조직원과 싸울 때는 무서워하지 않았죠. 모르는 사람의 얼굴을 칼로 그을 때도 무서워하지 않았어요. 여자친구를 때릴 때도 무서워하지 않았고요. 그런데 보보는 무서웠다?

오스발도   예.

고개를 젓는 여자 배심원 클로즈업.

디졸브: 실내: 교도소의 면회실. 육각형 모양의 탁자가 있다. 재소자들이 출입하는 통로와 탁자 한쪽이 연결되어 있다. 재소자들은 안쪽에 앉고, 면회객은 바깥쪽에 앉는다. 재소자들 사이에 스티브가 앉아 있다. 주황색 죄수복 차림이다. 아버지인 하먼 씨가 탁자 바깥쪽에 앉아 있다.

하먼 씨   몸은 어떠니?

스티브   괜찮아요. 오브라이언 변호사하고 얘기해보셨어요?

하먼 씨   자신 있는 말투가 아니더구나. 어찌나 쓰레기가 넘쳐나는지 법정에 앉아 있는 사람 모두한테서 악취가 날 거라고 하더라.

스티브   나를 증인석에 세울 거라고 했어요. 내 입장을 이야기할 기회를 주겠다고.

하먼 씨   잘됐구나. 그런데 무슨 이야기를 해야 할지…….

그가 말끝을 흐린다.

스티브   진실을 밝힐 거예요. 나는 아무 잘못도 하지 않았다고.

아버지와 아들이 긴장을 해소하려고 애를 쓰는 동안 두둥 하는 북소리가 들린다.

스티브   아버지는 믿으시죠. 그렇죠?

하먼 씨 클로즈업. 두 눈에 눈물이 고여 있다. 간신히 감정을 추스르는데, 가슴 아파하는 표정이 역력하다.

하먼 씨　네가 처음 태어났을 때, 나는 침대에 누워서 네 인생을 그려보았단다. 풋볼을 하는 모습. 대학에 입학하는 모습. 모어하우스에 입학해서 내가 다닐 때 했던 일들을 너도 그대로 하지 않을까 상상하곤 했지. 나는 풋볼 팀을 만들지 못했지만, 너는 만들어주길 꿈꾸었고. 심지어 새벽까지 잠을 안 잔다고 너한테 노발대발하는 모습까지 상상했단다. 너는 일회용 기저귀를 차고 침대에 누워 있었지. 나는 진짜 기저귀를 쓰고 싶었지만, 네 엄마가 빨아 쓸 필요 없이 버리면 되는 걸 쓰겠다고 했어. 네가— 네가 이런 데 있게 될 줄은 상상도 못 했다. 네가 말썽을 일으킬지 모른다는 생각은 단 한 번도 한 적이 없어…….

미디엄샷: 스티브와 하먼 씨. 너무나도 힘든 순간이 두 사람 사이를 지나가고 있다. 스티브가 아버지의 얼굴을 쳐다본다. 늘 그랬던 것처럼 걱정 말라는 표정을 마주하고 싶기 때문이다.

스티브　엄마는 어떠세요?

하먼 씨 억지로 버티고 있지. 우리 모두 힘들구나. 물론 너도 힘
들겠지만.

스티브 전 괜찮을 거예요.

스티브가 고개를 숙이고 눈물을 흘리기 시작한다. 하먼 씨는 고개를 돌렸
다 손을 내밀어 스티브의 손을 만진다. 교도관 하나가 얼른 건너와서 아버지
의 손을 멀찌감치 떼어놓는다.

하먼 씨 (목이 멘 소리로) 스티브, 다 잘될 거다. 다 잘될 거야. 너
는 다시 집으로 돌아올 테고, 다 잘될 거야.

화면이 흐리고 어두워진다. 스티브의 아버지가 흐느끼는 소리가 들린다.

메모:

아버지가 우는 모습은 처음이었다. 다 큰 어른이 그렇게 울 줄은 몰랐다. 온갖 것들이 아버지한테서 그냥 쏟아져 나왔고, 나는 그런 아버지의 얼굴을 보고 싶지 않았다. 내가 무슨 것을 했다고? 내가 무슨 것을 했다고? 누구든 편의점 안에 들어가서 둘러볼 수 있는 건데. 그 때문에 내가 재판을 받는 걸까? 난 아무 것도 하지 않았어! 아무 것도 하지 않았다고! 그런데 모두들 고통에 빠져 정신을 차리지 못한다. 나는 네스빗 씨와 싸우지 않았다. 돈을 빼앗지도 않았다. 그렇게 우는 아빠의 모습을 보는 건 너무나 끔찍한 일이었다. 아빠와 아들이었던 우리 둘 사이의 무언가를 누르고 다른 게 위로 올라와 그 자리를 차지했다. 한 남자가 아들을 보려고 고개를 숙였더니 그 대신 괴물과 마주친 꼴이다.

오브라이언 변호사가 말하길 상황이 안 좋다고 했다. 배심원들이 증인으로 나선 질 나쁜 인간들과 나 사이의 차이점을 보지 못할 것 같다고 했다. 내가 보기엔 아빠도 그렇게 생각하는 것 같다.

페이드인: 실외: 스티브가 사는 동네. 카메라가 좌우로 움직인다. 노숙자들이 옥상에 판지로 '마을'을 세워놓았다. 잠시 후 카메라가 옥상 가장자리로 움직이자 밑으로 길 위에 서 있는 사람들이 보인다. 카메라가 줌인 하는 동안 불협화음이 들린다. 그중 한 소리가 점점 또렷해진다. 서인도제도 사투리다. 지상에 있던 카메라가 위로 움직이자 까무잡잡하고 덩치가 조금 큰 중년 아주머니 두 명이 보인다.

아주머니 1   딱해라. 딱해서 어쩌나.

아주머니 2   무슨 일인데?

장면 전환: 스티브; 농구공을 들고, 두 여자의 말소리가 들리는 곳에 서 있다.

아주머니 1   편의점에 쳐들어가서 가엾은 양반을 총으로 쐈다잖아.

아주머니 2   아이구머니, 총으로! 그래서 괜찮대?

아주머니 1   트레버 양 말로는 죽었다고 하더라고. 구급차 두 대가 왔대.

아주머니 2   두 명이 총에 맞은 거야?

아주머니 1   두 명이 맞은 것 같지는 않은데, 구급차는 두 대가 왔대. 한 대는 할렘 병원에서 왔다던데.

아주머니 2   마약 중독자들 짓이겠지. 약을 얻기 위해서라면 무슨 짓이든지 한다잖아.

아주머니 1   그 양반, 결혼했나? 여자가 가게를 지키는 건 못 본 것 같은데.

아주머니 2   그 스페인 총각? 결혼 안 했을 것 같은데.

아주머니 1   아이구, 이 여자야. 그 총각 말고 나이 든 편의점 주인 말이야. 쎄인트키츠 출신이라고 들었는데.

아주머니 2   어머나, 딱해라. 딱해서 어쩌나.

롱샷: 스티브가 사람들을 헤치고 나아간다. 농구공은 보이지 않는다. 처음에는 걸어가다 카메라가 뒤로 빠지자 총총걸음으로 걷는다. 그가 달리기

시작하는 동안 카메라가 하이앵글로 바뀌자 이제는 누가 스티브인지 알아볼 수 없게 돼버린다. 위에 등장한 두 여자의 보이스오버가 들린다.

아주머니 1 이사 가고 싶은데 갈 데가 없네. 캘리포니아에선 살고 싶지 않고.

아주머니 2 캘리포니아보다는 할렘이 훨씬 낫지.

아주머니 1 하지만 날씨는 좋다던데.

거리를 훑고 내려간 카메라가 노는 아이들과 상점들을 지나 시궁창에 빠진 농구공을 비춘다.

장면 전환: 텔레비전 뉴스. 슬럼가의 어느 집에 놓인 텔레비전인지 수신 상태가 안 좋아 화면이 직직거린다.

보이스오버(뉴스캐스터) 뉴욕의 할렘에서 또 한 건의 강도행각이 무시무시한 살인으로 이어졌습니다. 쎄인트키츠가 고향인 알기날도 네스빗이 자신의 편의점에서 총에 맞아 숨진 채로 발견되었습니다.

장면 전환: 편의점 전경을 비추는 텔레비전 화면. 옹기종기 모인 어린아이들이 안을 훔쳐보려고 기를 쓴다.

클로즈업: 뉴스캐스터. 뉴스캐스터 특유의 정확한 발음을 구사하는, 갈색 피부의 잘생긴 흑인이다.

뉴스캐스터   어제 오후 늦게 복면을 쓴 두 명의 무장 강도가 제 뒤로 보이는 이곳의 편의점으로 들이닥쳤습니다. 두 사람은 먼저 돈을 요구하고, 가게 주인인 쉰다섯 살의 알기날도 네스빗 씨가 꾸물거리자 잔인하게 그의 숨통을 끊었습니다. 이 지역 주민들은 경악을 금치 못하고 있습니다. (지역 주민에게) 이 비극적인 사건으로 인해 얼마나 충격을 받으셨나요?

장면 전환: 지역 주민.

지역 주민   충격은 안 받았어요. 사람들이 살해되고 뭐 그러면 안 되겠지만, 그래도 충격은 전혀 안 받았어요. 두 달 전에도 현관 앞 계단에 얌전히 앉아 있던 여자아이가 죽었는걸요.

장면 전환: 스티브네 아파트. 스티브가 앉아서 뉴스를 시청하고 있다. 동생이 리모컨을 집어 채널을 바꾼다. 「로드 러너」 만화가 삼십 초 동안 방영

된다.

장면 전환: 스티브 클로즈업. 충격을 받은 얼굴로 입을 떡 벌린 채 뚫어져라 앞을 바라보는 그의 얼굴 위로 텔레비전의 만화 장면이 지나간다.

디졸브: 이 주일 뒤; 실내: 스티브네 부엌. 문이 열린다. 하먼 부인이 장바구니를 들고 들어와 내려놓는다.

하먼 부인   루카스 부인한테 들었는데, 편의점 주인을 살해한 범인들이 잡혔단다. (텔레비전을 켠다.) 뭐 먹을래?

스티브   씨리얼 먹었어요. 뉴스 방송되나 봐주세요. 뉴스에 나올까요?

하먼 부인이 식료품을 치우는 동안 편의점 전경이 화면 위에 등장한다. 그녀는 자리에 앉는다. 범인들이 잡혀 기뻐하는 얼굴이다.

뉴스캐스터   주택가 편의점 강도살인사건 관련자들이 체포되었습니다. 오늘, 경찰은 일대에서 '보보'라는 별명으로 불리는 리처드 에번스를 체포했다고 발표했습니다. 루디 줄리아니 시장은 뉴욕 전역에서 범죄를 근절할 계획입니다.

장면 전환: 줄리아니 시장과 경찰 고위 간부들의 기자회견.

줄리아니 시장   정부에서 백인이나 중산층 지역의 범죄 근절에만 힘쓰고 있다는 것은 터무니없는 주장입니다. 이 도시에 사는 사람은 누구나 똑같이 보호받을 권리가 있습니다.

장면 전환: 실외: 수갑을 차고 인상을 쓰며 경찰차로 끌려가는 보보 미디엄샷. 카메라를 노려본다. 그와 함께 수갑으로 연결된 범인은 카메라를 보며 윙크한다.

장면 전환: 실내: 스티브의 방. 침대에 누워서 눈을 뜨고 있지만, 멍한 눈빛이다. 먼저 초인종 소리가 들리고 뒤이어 어머니가 부르지만, 그는 아무 반응이 없다.

장면 전환: 수건에 손을 닦고 현관 쪽으로 걸어가는 하먼 부인. 걸음을 멈추고 구멍을 통해 밖을 내다본다. 그녀의 얼굴 클로즈업. 걱정스러운 표정으로 그녀가 문을 연다.

하먼 부인   (아들을 부른다.) 스티브?

스티브   예? (밖으로 나오고, 윌리엄스 형사와 카릴 형사와 마주친
다.)

윌리엄스   우리랑 같이 관할서로 가줬으면 좋겠다. 몇 가지 물어
볼 게 있어.

스티브   저한테요? 무슨 일로요?

윌리엄스   어떤 얼치기가 말하길, 크리스마스 직전에 벌어진 편
의점 강도사건에 네가 연루되어 있다더군. 무슨 얘긴지 너도 알지?

스티브   예. 하지만 제가 그 사건이랑 무슨 상관이 있다는 거죠?

윌리엄스   (스티브에게 수갑을 채우며) 보보 에번스 알지?

하먼 부인   (살짝 당황한 얼굴로) 몇 가지 물어보기만 한다면서 왜
우리 아들한테 수갑을 채우는 거죠? 이해가 안 되네요.

윌리엄스   부인, 통상적인 절차입니다. 걱정 마세요.

하먼 부인   우리 아들한테 수갑을 채우면서 걱정하지 말라니 무

슨 소리예요? (그녀가 당황스러워하며 스티브를 쳐다보자 스티브는 고개를 돌린다.) 걱정하지 말라니 무슨 소리냐고요? 나도 같이 갈래요! 우리 아들을 무슨 범죄자라도 되는 것처럼 잡아가면 안 되는 거죠. 외투 가지고 올 테니까 기다려요. 잠깐이면 돼요! 잠깐이면!

장면 전환: 만화책을 들고 문간에 서 있는 제리. 어머니와 스티브를 번갈아 쳐다본다. 형 쪽으로 손을 내미는데, 형사들이 수갑을 찬 미성년자 스티브를 밖으로 밀친다.

장면 전환: 경찰차 뒷자리에 앉은 스티브 미디엄샷.

장면 전환: 존존스 바비큐 앞에서 경찰차가 사라져가는 광경을 쳐다보는 두 할아버지.

장면 전환: 평소와 다름없는 길거리 롱샷. 잠시 후: 집에서 뛰쳐나와 미친 듯이 사방을 둘러보다 재빨리 길을 걸어가는 하먼 부인. 그녀는 길모퉁이에 다다라서야 스티브가 어디로 끌려갔는지 모른다는 사실을 깨닫고 걸음을 멈춘다.

7월 10일 금요일

오늘 오브라이언 변호사가 폭발했다. 페트로첼리가 비열한 수법을 쓴다고 했다. 판사가 오늘은 다른 사건의 진술을 들어야 한다며 오후에 휴정하겠다고 했다. 오브라이언이 말하길 배심원들 머릿속에 최대한 나쁜 인상을 심으려는 게 페트로첼리의 목적이라고 했다. 그 여자는 사진들을 또 꺼내서 배심원들에게 다시 한 번 보여주었다. 오브라이언 변호사의 말에 따르면 배심원들이 나쁜 인상을 머릿속에 새긴 채 집으로 가서 주말 내내 잊지 못하게 만들려는 거라고 했다.

사진들은 끔찍했다. 정말 끔찍했다. 나는 생각하고 싶지도 않고, 알고 싶지도 않다. 나는 사진을 보는 배심원들의 얼굴을 쳐다보지 않았다.

편의점에서 벌어진 사건을 주제로 글을 쓸까 생각도 했지만, 아예 머릿속에 담아두지 않는 게 좋을 것 같다. 네스빗 씨의 사진들만 봐도 무섭다. 쓰러져서 죽기만을 기다리는 그의 모습을 상상해본다. 많이 아팠을까 궁금하다. 바로 그 순간, 그러니까 네스빗 씨가 죽기만을 기다리고 있었을 때 머릿속을 새하얗게 지우려고 애를 쓰며 길을 걸었던 내 모습이 눈에 선하다.

나는 감방으로 돌아가서 옷을 갈아입은 다음 다른 네 명과 함께 복도에 걸레질을 했다. 우리는 모두 교도소에서 나누어 준 낙하산복 모양의 주황색 죄수복을 입고, 교도관들의 명령에 따라 한 줄로 섰다. 물은 뜨겁고 미끈거렸고, 소독약 냄새가 코를 찔렀다. 걸레는 묵직한 데다 뜨거웠고, 청소를 하기가 싫었다. 그러다 걸레질을 하는 다섯 명이 모두 똑같이 보일 거라는 생각이 들자 갑자기 숨이 막혔다. 숨을 들이쉬려고 했지만 들이마신 건 소독약 냄새뿐이었고, 구역질이 나기 시작했다.

"토하면 치워야 할 게 더 많아질 거다!"

교도관이 말했다.

나는 침을 삼키고 대형 걸레로 바닥을 계속 닦았다. 내 오른쪽과 왼쪽에서 다른 재소자들이 똑같은 일을 하고 있었다. 잿빛 구정물이 바닥 위에서 커다란 아치 모양을 그렸고, 냄새 고약한 갈색 비눗방울들이 소용돌이쳤다. 여기서 벗어나고 싶은 마음이 간절했다. 이곳에서 벗어나고 싶었다. 이곳에서 벗어나고 싶었다. 배심원들 눈에 나를 보보나 오스발도나 킹과 다른 사람처럼 보이도록 만드는 게 자기 일이라고 했던 오브라이언 변호사의 말이 생각났다. 토하지 않으려고 애를 쓰는 동안, 그들처럼 터프해지고 싶었던 사람이 바로 나였다는 생각이 들었다.

페이드인: 네 개로 나뉜 화면: 세 화면 위로 여러 증인과 피고인 들이 번갈아 등장한다. 말소리는 한 번에 한 사람씩만 들리지만, 다른 화면의 사람들도 계속 이야기를 하고 있다. 왼쪽 위 화면은 윌리엄스 형사다. 왼쪽 아래는 시청 직원인 앨런 포브스다. 오른쪽 아래는 검시관인 제임스 무디 박사다. 오른쪽 위는 어떨 때는 까맣고, 또 어떨 때는 황량하고 눈이 부시도록 하얗다. 말소리가 들리지 않는 사람들이 이따금 킹이나 스티브로 대체되고, 리액션샷도 보인다.

포브스 그 총기는 등록된 것이었습니다. 저희 기록에 따르면 네스빗 씨는 1989년 8월에 총기 소지 면허를 신청했습니다. 그 면허가 여전히 유효한 상태였죠. 총기는 그때부터 인가가 된 거였고요.

보이스오버(페트로첼리) 그러니까 편의점에 총기가 있었던 게 이상한 일이거나 불법이 아니었다는 말씀이죠? 맞습니까, 포브스 씨?

포브스 가게를 지키려고 구비한 게 아닐까 싶은데요. 맞습니다.

화면 전환: 윌리엄스 형사.

윌리엄스 저는 5시 15분에 현장에 도착했습니다. 계산대 사이 바닥에 물건들이 떨어져 있더군요. 피해자의 시신이 어중간하게 누워 있었습니다……. 다리가 계산대 안쪽에서 반쯤 삐져나온 상태였죠. 계산대 안쪽을 들여다보고, 체중이 약 90킬로그램쯤 되는 중년의 흑인 남성인 것을 확인했습니다. 이미 숨이 끊어진 게 분명했고요. 응급 의료진이 있었는데, 제가 도착했을 때 막 가방을 챙기고 있었죠. 현장을 둘러보았더니 총기가 눈에 띄었습니다. 제복을 입은 순경이 알려주더군요. 당시에는 피해자를 살해한 총기인지 아닌지 알 수 없었습니다. 검사를 하지 않고서는 파악할 방법이 없으니까요.

금전 출납기가 열려 있었습니다. 잔돈은 있는데, 지폐는 한 장도 없었죠. 뿐만 아니라 바닥에 담배 상자가 떨어져 있었고, 점원이 말하길 담배 몇 상자가 없어졌다고 하더군요. 저희는 분필로 그은 다음, 시신을 뒤집었습니다.

보이스오버(페트로첼리) 분필로 긋다니요?

윌리엄스 처음 발견됐을 당시 어떤 자세였는지 알 수 있도록 시신의 모양을 따라 분필로 표시하는 걸 말합니다. 저희는 사진을 찍고 분필로 표시한 다음 시신을 뒤집어 밑에 증거가 될 만한 게 없는지 확인했습니다. 아무것도 없더군요. 금전 출납기에서 현금이 없어졌으니 권총강도 및 살인으로 추정됐고요. 검시장 직원들이 시신을 옮겼으면 좋겠다고 하더군요. 이제 그만 가봐야 할 시간이라고 하기에 시신을 가지고 가라고 했습니다.

보이스오버(페트로첼리) 윌리엄스 형사, 사건을 조사하는 동안 친치 씨와 이야기한 적이 있나요?

윌리엄스 라이커스 아일랜드에 있는 친구 하나가 제 파트너한테 전화를 했어요. 그 사람이 바로 쌀바토레 친치였죠. 장물 취득죄로 6개월 징역을 살고 있다고 하더군요. 그런데 괴롭히는 인간들이 있는지 나오고 싶어서 안달이더라고요. 그 친구가 말하길 어떤 사람한테 담배를 파는 사람 얘길 들었다고 하더군요. 실낱같은 단서였지만, 따라가다 리처드 에번스를 만났습니다.

보이스오버(페트로첼리) 주변에는 보보로 알려진 인물이죠?

윌리엄스 예, 주변에는 보보로 알려진 인물이죠. 체포했더니 강도사건에 가담했다고 자백하더군요.

화면 전환: 무디 박사.

무디 (증언하는 내내 계속 고개를 끄덕인다.) 좌측에서 파고든 총알이 폐를 뚫고 위로 파고들었습니다. 이 과정에서 폐 파열과 심각한 내출혈이 유발되었고, 총알이 식도까지 관통했어요. 식도를 관통하면서 역시 내출혈이 생겼고요. 총알이 마지막으로 박힌 곳은 승모근(어깨의 양쪽 뼈를 움직이는 삼각형 모양의 근육—옮긴이) 상부였습니다.

보이스오버(페트로첼리)   그 부위에서 총알을 제거하셨나요?

무디   예, 그랬습니다.

보이스오버(페트로첼리)   무디 박사님, 정확한 사망 시각과 사인을 말씀해주실 수 있나요?

무디   여러 장기의 복합적인 외상으로 피해자가 쇼크 상태에 빠졌고, 이와 더불어 양쪽 폐가 피로 가득 찬 것이 사인입니다. 숨을 쉴 수 없었을 겁니다.

보이스오버(페트로첼리)   말하자면 자기 피에 익사했다는 건가요?

리액션샷: 가쁜 숨을 몰아쉬는 스티브.

리액션샷: 무심한 표정으로 고개를 갸우뚱하는 킹.

7월 11일 토요일

오브라이언 변호사가 대기실을 나서기 전에, 검사가 보면 안 되는 내용은 공책에 아무것도 적지 말라고 경고했다.

오브라이언 변호사에게 주말에 뭘 할 거냐고 물었더니 정말 묘한 표정으로 나를 바라보다 조카가 참가하는 리틀 리그 경기를 관람할 것 같다고 대답했다.

"미안. 너를 입 다물게 만들려고 한 소리는 아니야."

그녀가 나를 보며 미소를 지었고, 나는 미소 하나에 그렇게 많은 의미가 담길 수 있다는 사실에 당황스러워졌다. 우리 둘은 대화를 좀 더 나누었다. 그녀를 보내고 싶지 않은 내 마음이 느껴졌다. 지금까지 재판을 몇 번이나 치렀느냐고 물었더니 그녀는 입을 삐쭉이며 말했다.

"너무 많이 치렀지."

그녀는 내가 유죄라고 생각한다. 분명 그렇게 생각한다. 법원에서 지정해준 벤치에 나란히 앉아 있으면 느낄 수 있다. 그녀는 어떤 이야기가 오갔고, 나를 둘러싸고 어떤 이야기가 오갔는지 기록한 뒤 그 내용을 모두 합쳐서 내가 유죄라는 결론을 내린다.

"저, 유죄 아니에요."

내가 말했다.

"'저는 법행을 저지르지 않았습니다.'라고 해야지."

오브라이언 변호사의 말이었다.

"저는 법행을 저지르지 않았습니다."

썬쎗은 어제 판결을 받았다. 유죄였다.

"아이고, 이제 여기가 내 세상일세. 이 교도소가 말이야. 죄를 지었으니 형을 살아야 하는 거겠지. 별일 아니야. 별일 아니고말고. 기껏해야 7년에서 10년일 테니까 5년 반이면 나갈 수 있다는 거거든. 그 정도는 아무 생각 없이 보낼 수 있어."

점점 심해진다. 처음에는 맞거나 강간당할까 봐 겁이 났다. 그 공포가 작은 공처럼 뱃속에 자리 잡았다. 그런데 이제 몇 년 형을 받게 될까 생각하면 그 공이 점점 커진다. 중죄 모살은 최소 25년에서 최고 종신형이다. 그러면 내 인생이 통째로 날아가 버릴 것이다. 어떤 사람이 말하길 25년이면 최소 20년을 살아야 된다고 했다. 감옥에서 20년을 보낼 수는 없다. 절대로!

이 안에서는 모두들 섹스 얘기 아니면 남을 해칠 방법이나 무슨 죄로 여기 왔는지 하는 이야기뿐이다. 모두 그 생각뿐이고, 나도 마찬가지다. 내가 무슨 것을 했다고? 박하사탕이 있는지 보려고 편의점에 들어갔다 나온 것뿐인데. 그게 뭐가 잘못됐다는 거지? 나는 네스빗 씨를 살해하지 않았다.

썬쌧은 죄를 지었다고 했다. 유죄가 그런 뜻 아닌가? 실제로 범죄를 저질렀다는 뜻 아닌가? 총을 들어 겨누고 방아쇠를 당기는 것. 지갑을 낚아채 쌩하니 달아나는 것. 훔친 야구 카드인 줄 알면서도 사는 것.

감방 사람들이 오후에 카드 게임을 하면서 평소처럼 자기들 재판에 대해 이야기했다. 불리한 증거와 유리한 증거를 비교하고 서로 의견을 나누었다. 그중 몇몇은 말하는 게 완전히 변호사 같았다. 교도관들이 보석가게를 털다 체포된 어니라는 남자를 데리고 왔다. 어니는 키가 작은 백인이었다. 쿠바나 이탈리아가 고향인 것 같은데, 어느 쪽인지 알 수 없었다. 현장에서 붙잡힌 그는 돈과 보석을 챙긴 다음 두 직원을 뒷방에 넣고 앞문에 걸려 있던 맹꽁이자물쇠를 채웠다고 했다.

"그런데 도망칠 수가 없는 거야. 앞문을 여는 버저가 직원들한테 있었거든. 버저가 어디 있는 줄 모르고 두 놈을 뒷방에 가둔 거지."

그는 두 시간을 기다리다(그동안 가게 안으로 들어오려고 한 손님이 여럿이었다.) 경찰을 불렀다. 그는 가게에서 가지고 나간 물건이 하나도 없으니 죄가 없다고 주장했다. 심지어 총도 없었다. 총을 들고 있는 것처럼 주머니 속에 손을 꽂고 있었을 뿐.

"그런데 죄목이 뭐야?"

누가 물었다.

"무장 강도, 불법 감금, 치명적인 무기 소지, 폭행 및 협박."

하지만 그는 스스로 죄가 없다고 생각했다. 가게 안으로 들어가는 실수를 저지르기는 했지만, 강도질이 생각대로 되지 않아서 아무것도 하지 못했으니까.

어니가 이야기를 계속했다.

"앉아 있는 어떤 남자한테 돈을 빼앗을 생각이었다고 치자고. 그 남자한테 가서 '있는 돈 다 내놔.' 했더니 남자가 일어서는데, 키가 한 2미터쯤 돼서 도망을 친 거야. 그럼 그 남자한테 돈을 빼앗은 죄로 체포할 수 없는 거잖아. 안 그래?"

그는 죄가 없다고 스스로 최면을 거는 중이었다.

점심 직전에 싸움이 벌어졌고, 한 사람이 눈을 찔렸다. 눈을 찔린 사람이 비명을 질러도 상대방은 주먹질을 멈추지 않았다. 이 안에서는 항상 누가 누구를 때리고 있거나 때리려고 한다. 사람들은 그걸 즐기는 눈치다. 늘 하던 일이니 폭력이 일상이 되길 바란다.

20년 뒤에 출소하면 나는 서른여섯 살이다. 그렇게 오랫동안 여기서 지내느니 차라리 자살을 하는 게 낫지 않을까 싶다.

엄마가 나를 만나러 왔다. 처음이었다. 엄마는 왜 이제야 왔는지 설명하려고 했지만, 그럴 필요가 없었다. 엄마의 얼굴 위로 흐르는 눈물 안에 모든 사연이 들어 있었으니까. 엄마한테 강한 모습을 보이고 싶었다. 나를 위해 울지 않아도 된다는 걸 알리고 싶었다.

면회실은 사람이 많고 시끄러웠다. 프라이버시를 지키면서 나지막이 대화를 나누고 싶었지만, 면회실에 있는 탁자 길이만큼, 그러니까 겨우 45센티미터쯤 떨어진 건데도 무슨 말을 하는지 알아들을 수가 없었다. 제리는 어떻게 지내느냐고 물었더니 잘 지낸다고 했다. 엄마가 내일 제리를 데리고 오면 창문 너머로 볼 수 있다.

엄마가 물었다.

"흑인 변호사를 쓰는 게 좋겠니? 흑인 변호사한테 연락했어야 한다고 말하는 사람들도 있던데."

나는 고개를 저었다. 이건 인종 문제가 아니었다.

엄마는 나를 주려고 성경을 들고 왔다. 교도관들이 성경책을 샅샅이 살폈다. 나는 교도관들에게 그 안에서 발견한 게 있냐고 묻고 싶었다. 구원? 은총? 연민? 엄마가 나를 위해 표시해놓은 구절을 보여주며 큰 소리로 읽어보라고 했다.

"여호와는 나의 힘과 나의 방패이시니 내 마음이 저를 의지하여 도움을 얻었도다. 그러므로 내 마음이 크게 기뻐하며 내 노래로 저를 찬송하리로다."

엄마가 말했다.

"네가 여기서 지낸 지 한참 된 것 같은 기분이구나."

"이 안에서 달력 한 권을 넘긴 사람들도 있어요."

엄마는 곤혹스러운 표정으로 나를 바라보다 무슨 뜻이냐고 물었다. 달력 한 권을 넘겼다는 게 교도소에서 1년을 보냈다는 뜻이라고 설명했더니 엄마는 살짝 고개를 돌렸다 다시 나를 보았다. 마음속 깊은 곳 어디에선가 힘겹게 끌어 올린 미소가 입가에 어렸다.

"누가 뭐래도……."

엄마는 내 손을 잡으려고 탁자 너머로 손을 내밀다 교도관
이 볼지 모른다는 생각에 거두었다.

"누가 뭐래도 엄마는 네가 결백하단 걸 알고 있고, 많이 사
랑한다."

이것으로 대화가 끝났다. 엄마는 눈물을 흘렸다. 조용히.
흐느낄 때마다 엄마의 몸이 따라 흔들렸다.

엄마가 떠난 뒤 내가 감방까지 어떻게 걸어갔는지 용할 정
도였다.

"누가 뭐래도……."

나는 간이침대에 가로로 누웠다. 아직까지 엄마의 아픔이
느껴졌다. 엄마는 내가 아무 잘못도 하지 않은 걸 직감으로
알고 있었다. 긴가민가하는 사람은 나였다. 간이침대에 누워
서 혹시 자신을 속이고 있는 건 아닐까 미심쩍어하는 사람은
나였다.

장면 전환: 실외: 할렘의 마커스 가비 공원 미디엄샷. 스티브가 벤치에 앉아 있고, 그 옆으로 제임스 킹이 앉아 있다. 킹이 충혈된 눈으로 마리화나를 피우며 이야기한다.

킹 야, 저기 있잖냐, 돈뭉치 있는 곳을 알아냈어. 내 말 무슨 뜻인지 알지?

스티브 응, 알 것 같아.

킹 알 것 같다고? 완전 거지라 맥주 한 캔 살 돈도 없는 심정을 네가 알아? 돈뭉치 멤버를 모아야 해. 주머니를 빵빵하게 채울 거거든. 빵-빵-하-게. 보보한테 물으니까 한다는데, 안 나타날 가능성이 커. 나타나 주기만 하면 제대로이긴 하지만, 가끔 우주인이나 뭐 그 비슷하게 굴 때가 있단 말이지.

스티브 보보가 무슨 아인슈타인이냐.

킹 뭐든 상관없어. 아인슈타인만 돈 벌라는 법 있냐? 배짱만 있으면 되지. 넌 배짱 있냐?

스티브 무슨 배짱?

킹 돈 벌 배짱 말이야. 확실한 돈줄을 찾았거든. 그때 불났던 그 편의점 알지? 지금 수리가 끝났대. 편의점에는 늘 돈이 좀 있기 마련이잖아.

스티브 보보가 그래?

킹 응. 망볼 사람만 있으면 돼. 뒤에서 잠깐 낮잠 자는 짭새들 없나 체크할 사람 말이야. 네가 할래?

장면 전환: 고개를 돌리는 스티브 클로즈업.

장면 전환: 킹 클로즈업.

킹 엉? 어쩔래?

이 소리가 반복되는 가운데 카메라가 조금씩 멀어지면서 주변이 점점 더 시끄러워지고, 스티브와 킹은 할렘이라는 떠들썩한 모자이크 속의 조그만 점이 된다.

7월 12일 일요일

스크램블드에그, 감자, 으깬 콘비프가 아침 메뉴였다. 일요일에는 아침을 거르는 사람이 많기 때문에 마음껏 먹을 수 있다. 배식 담당자가 내 식판에 음식을 산더미처럼 쌓아주며 씩 웃었다. 이 안에서는 미소에 미소로 답을 하지 않는 것이 원칙이기 때문에 그냥 무시하고 지나갔다.

예배가 열린다고 하기에 교회에 갔다. 온 사람은 겨우 아홉 명이었는데, 그중 둘이 싸움을 벌였다. 목사님이 교도관들을 부를 정도로 피 튀기는 싸움이었다. 교도관들이 들어와 "그만해." 내지는 "자, 물러서." 따위의 말을 하기 시작했다. 하지만 아무 일도 없고 두 사람이 싸우거나 말거나 상관없다는 듯 침착한 목소리였다.

싸움 때문에 우리는 감금당했고, 1시까지 감방 밖 출입이 금지되었다. 1시는 일요일 면회가 시작되는 시각이다.

감방에서 우리는 카드 게임을 했는데, 한 사람이 무시당했다고 생각하는 바람에 또다시 싸움이 벌어질 뻔했다.

왜 그렇게 싸움이 자주 벌어지는지 이제는 이해할 수 있을 것 같다. 이 안에서는 사람들이 나를 대하는 표정이나 하는 말 같은 표면적이고 하찮은 것들이 나를 나타내는 전부다. 이게 전부라면 그 전부를 보호해야 한다. 아마 맞을 거다.

감금이 풀리자 대부분 휴게실로 향했고, 누군가 텔레비전을 켰다. 야구경기가 중계되고 있었지만 실감이 나지 않았다. 유니폼을 입은 사람들이 짙푸른 잔디밭에서 움직이고 있었다. 그들은 야구가 중요한 일인 것처럼, 교도소 같은 건 존재하지 않는 딴 세상에서 관람하고 있는 것처럼 시합을 벌였다. 내가 속했던 세상, 가족과 친구들이 내 주변에 존재했던 세상이 너무나도 멀게 느껴졌다.

휴게실로 향하는 복도에서 길거리를 내려다보았다. 일요일이 되면 뉴욕 시내는 텅 비다시피 했다. 평일마다 길거리를 메우던 수많은 인파가 다들 집으로 돌아가고 없었다. 나는 제리를 찾고 있었다. 미성년자는 면회실 출입 금지라니 우스운 일이었다. 내 경우에는 교도소에 갇힌 신세라 면회실을 출입할 수 있다는 뜻이니 얼마나 우스운가.

1시 15분이 되었을 때 어떤 여자들이 다른 여자들을 부르며 이쪽으로 길을 걸어왔다. 그리고 잠시 후, 부모님과 제리가 보였다.

길가 모퉁이에 서 있는 제리가 조그맣게 느껴졌다. 절망이

창문을 가리고 있어 보이지 않겠지만, 그래도 나는 제리를 향해 손을 흔들었다. 사랑한다는 말을 전하고 싶었다. 너무나 기뻐하며 찬송가를 부르고 있지는 않다는 말도 전하고 싶었다.

부모님이 한 분씩 면회실 안으로 들어왔다. 두 분 다 명랑한 분위기였고, 우리 동네와 제리에 대한 새로운 소식을 한 아름 안고 있었다.

엄마가 물었다.

"제리 오는 거 봤니?"

나는 봤다고 대답하고, 엄마와 함께 애써 미소를 지었다. 엄마는 눈으로 웃고 있었지만, 목소리가 갈라졌다. 어떤 의미에서 엄마는 내가 죽기라도 한 것처럼 슬퍼하고 있었다.

두 분은 떠났고, 남은 일요일이 너무 길었다.

나는 대본을 다시 한 번 훑어보았다. 시간이 지나면 지날수록 점점 더 대본 없이는 버틸 수 없을 것 같은 느낌이다. 지금 내 생활보다 영화가 여러 면에서 더 진짜 같다. 아니, 그건 아니다. 이게 영화이길 간절히 바랄 뿐이다.

월요일은 검찰의 날이다. 오브라이언 변호사가 그랬다. 월요일에 검찰 측 주요 증인들이 출두한다고.

7월 13일 월요일

페이드인: 실내: 법정. 기대감이 감도는 분위기. 페트로첼리, 브릭스, 오브라이언이 판사와 이야기를 나누는 중이다. 페트로첼리의 농담에 오브라이언이 잠깐 웃음을 터뜨린다. 세 사람은 각자의 자리로 돌아가고, 판사가 속기사를 향해 고개를 끄덕이자 속기사는 자세를 바로잡고 오늘의 재판 내용을 기록할 준비를 한다.

페트로첼리   로렐 헨리를 증인으로 신청합니다.

카메라가 법정 뒤편으로 빙 돌아간다. 한 지방 검사보가 로렐 헨리를 안내한다. 체구가 아담한 쉰여덟 살의 전직 도서관 사서로, 깔끔한 옷차림이다. 한때 미인 소리를 들었을 외모는 지금도 상당히 매력적이고, 나이보다 훨씬 젊어 보인다. 그녀는 배심원과 피고, 그 어느 쪽도 쳐다보지 않으며 우아하게 증인석으로 걸어간다.

페트로첼리   헨리 부인, 지난 12월에 할렘에서 벌어졌던 사건을 기억하십니까?

헨리   예. 기억합니다.

페트로첼리 그 사건에 대해 이야기를 들을 수 있을까요?

헨리 우리 손녀딸이 감기에 걸렸는데, 크리스마스 며칠 전이라 크리스마스 때 아프면 어쩌나 싶더군요. 할렘 병원에 데리고 갔더니 심하지는 않다고 했지만, 기침이 여전했어요. 그래서 감기약을 사러 편의점에 갔죠. 어느 게 제일 좋을까 둘러보고 있는데, 말다툼 소리가 들렸어요.

페트로첼리 어떤 말다툼이었는지 아십니까?

헨리 아뇨.

페트로첼리 그리고 무슨 일이 있었나요?

헨리 가게 주인인 네스빗 씨가 무슨 일인가 싶어 다가갔고, 말싸움을 벌이고 있던 한 남자가 네스빗 씨한테 묻더군요. 돈을 어디 두었느냐고.

페트로첼리 그렇게 물은 게 확실한가요?

헨리 (망설이는 투로) 백 퍼센트 확실한 건 아니에요. 제가 듣기에는 그랬다는 거죠.

페트로첼리 그사이 어떤 광경을 목격하셨습니까?

헨리 젊은 남자 둘이 말싸움을 벌이고 있었는데, 잠시 후 한 남자가 편의점 주인의 멱살을 잡았어요. (실제로 자기 멱살을 잡아 보인다.)

페트로첼리 그래서 어떻게 하셨나요?

헨리 얼른 밖으로 나갔죠. 시끄러운 일이 벌어질 것 같더라고요.

페트로첼리 헨리 부인, 오늘 이 법정에 자리한 사람들 중에 말씀하신 그날, 편의점에서 본 사람이 있습니까?

헨리 저 탁자에 앉은 분이 말싸움을 벌이고 있었어요. (킹을 가리킨다.)

페트로첼리 헨리 부인이 그날 편의점에서 본 사람 중 한 명으로 피고 제임스 킹을 확인했다고 기록에 남겨주시기 바랍니다. 헨리 부인, 편의점에서 그런 사건이 벌어졌던 날이 며칠인지 기억하십니까?

헨리 12월 22일이었어요. 월요일이었죠. 우리 손녀딸 트레이씨가 너무 오랫동안 결석을 하면 안 좋겠다 싶었어요. 그래서 하루 이틀만 더 참으면 크리스마스 방학이니 괜찮겠다 생각 중이었죠.

페트로첼리 감사합니다. 이상입니다.

장면 전환: 단상에 선 브릭스.

브릭스 헨리 부인, 킹 씨의 사진을 보셨습니까?

헨리 예. 경찰서에서 봤어요.

브릭스 강도사건과 네스빗 씨가 사망했다는 소식을 듣고 경찰서를 찾아갔죠. 맞습니까?

헨리 예, 맞아요.

브릭스 그랬더니 경찰에서 사진을 보여주었죠. 한 천 장쯤 보셨나요?

헨리   천 장이요? 아뇨, 삼사십 장쯤 됐을 거예요.

브릭스   스무 장?

헨리   스무 장은 더 된 것 같은데요.

브릭스   그럼 스물일곱 장?

헨리   정확하게는 모르겠어요.

브릭스   그러니까 경찰에서는 사진 몇 장을 보여주면서 범인을 찾는 데 협조해달라고 한 거군요. 맞습니까?

헨리   그렇다고 볼 수 있죠.

브릭스   그렇다고 볼 수 있다? 헨리 부인, 저는 이 문제를 정확히 짚고 넘어가고 싶습니다. 경찰에서는 사진 몇 장을 보여주었고, 범인을 찾을 수 있도록 부인의 협조를 당부했습니다. 맞습니까?

헨리   예.

브릭스   헨리 부인, 사진들을 보는 동안 망설여지던 순간이 있었나요? 잘 모르겠다 싶은 순간이 있었습니까? 아니면 사진을 보자마자 킹 씨를 알아보셨나요?

헨리   처음에는 모르겠다가 어느 정도 시간이 지난 뒤에 알아보았어요. 사진이 실제 모습하고 다르더군요.

브릭스   사진이 실제 모습하고 다른데, 어떻게 알아보셨죠?

헨리   나중에는 알겠더라고요. 지금도 보니까 누구인지 알겠고요.

브릭스   헨리 부인, 킹 씨에 대한 설명을 들은 적 있습니까? 몸무게가 어느 정도라든지, 키가 얼마라든지.

헨리   아뇨, 없습니다.

브릭스   어떤 사람이 네스빗 씨에게 돈을 어디 두었냐, 뭐 그런 말을 했다고 하셨죠. 맞습니까?

헨리   예, 맞아요.

브릭스 누가 그런 말을 했는지 기억하십니까? 증인이 킹 씨라고 생각하는 그 사람이었나요?

헨리 모르겠어요.

브릭스 예심 때는 킹 씨가 이번 사건에 연루돼 있다고 증언하기가 곤란하다고 하셨죠. 맞습니까?

헨리 흑인에게 불리한 증언을 하기 곤란하다는 의미에서 한 말이에요.

브릭스 그런데 지금은 어쩐 일로 전혀 곤란한 기색 없이 킹 씨가 맞다고 하십니까? 제 착각인가요?

헨리 옳은 일을 하고 있다고 생각하니까요. 그 사람이 틀림없다고 생각하니까요.

브릭스 용의자들을 일렬로 세워놓은 중에서도 킹 씨를 지목하셨나요?

헨리   예, 그랬습니다.

브릭스   그게 사진을 보기 전인가요, 후인가요?

헨리   사진을 보고 난 뒤였어요.

브릭스   용의자로 몇 명이 나왔죠?

헨리   여섯 명이었던 것 같아요.

브릭스   여섯 명. 고작 여섯 명이었단 말이죠. 이상입니다.

장면 전환: 탁자에 앉아 있는 오브라이언. 판사 쪽을 올려다보고 고개를
젓는다.

오브라이언   질문 없습니다, 재판관님.

장면 전환: 페트로첼리.

페트로첼리   사진에서 본 사람이 이 탁자에 앉아 있는 사람과 동
일 인물이라는 데 의심의 여지가 있습니까?

헨리   아뇨, 전혀 없어요.

페트로첼리   감사합니다. 이상입니다.

브릭스, 그의 동료, 제임스 킹 미디엄샷.

브릭스   (킹에게) 이 사람이 증인석에 오르면 메모를 하도록 해. 우리가 물어보았으면 하는 것들을 적어줘.

킹   예를 들면 어떤 거요?

브릭스   아무거나 상관없어. 배심원들한테 이 사람을 걸고넘어지는 인상만 심어주면 되니까.

페트로첼리   리처드 '보보' 에번스를 소환합니다, 재판관님.

카메라가 옆으로 움직여 법정 측면을 비추자 법원 직원이 문을 열고 밖으로 고개를 내민다. 직원이 문을 잡고 있는 동안 리처드 '보보' 에번스가 들어온다. 몸집이 거대하고 육중하며 못생긴 인물이다. 머리는 빗지 않았고, 낙하산복 모양의 주황색 죄수복은 쭈글쭈글하다.

브릭스　재판관님, 잠깐 이야기 좀 나눌 수 있을까요?

브릭스, 오브라이언, 페트로첼리, 속기사가 판사석 옆쪽으로 가서 나지막이 속삭인다.

브릭스　죄수복을 입힌 이유가 뭡니까? 검사는 지금 저 사람을 제 의뢰인과 연결시키려 하고 있어요. 죄수복을 입고 등장하면 제 의뢰인에 대한 편견이 생긴단 말입니다.

페트로첼리　저 친구가 양복을 입지 않겠다고 한 겁니다. 우린 양복을 준비했다고요.

브릭스　그래도 편견을 조장하는 거죠.

판사　솔직히 별 차이가 있을까 싶은데요. 보아하니 폐인 꼴을 하고 나와 폐인처럼 굴 모양인데. 양복을 입도록 설득하는 동안 재판을 계속 유보할 수는 없는 노릇 아니오. 속개합시다.

브릭스　이의를 제기하겠습니다.

판사 그러세요. 그럼 내가 기각하지요. 자, 시작합시다.

모두들 각자의 자리로 돌아가고, 페트로첼리가 단상에 오른다.

페트로첼리 이름을 정확히 밝혀주세요.

보보 리처드 에번스입니다.

페트로첼리 에번스 씨, 나이가 어떻게 되죠?

보보 스물둘이요.

페트로첼리 가끔 다른 이름으로 불릴 때도 있나요? 별명이나 애칭 같은 걸로.

보보 보보라고들 하죠.

페트로첼리 그럼 에번스 씨, 이 두 탁자에 앉아 있는 스티브 하먼 씨, 제임스 킹 씨와 아는 사이인가요?

보보 예, 아는 사이죠.

페트로첼리 알고 지낸 지 얼마나 됐나요?

보보 킹하고는 오래전부터 알고 지냈어요. 다른 친구는 강도사건 직전에 만났고요.

페트로첼리 증언을 계속하기 전에 묻겠습니다. 에번스 씨, 죄수복을 입고 있는데, 현재 신분이 어떻게 되죠?

보보 큰 거 하나 받고 그린헤이번(뉴욕 주의 또 다른 교도소—옮긴이)에 있어요.

페트로첼리 배심원들에게 큰 거 하나가 뭔지 설명 부탁합니다.

보보 최소 7년 6개월, 최고 10년 형이요.

페트로첼리 무슨 죄목으로 복역 중이죠?

보보 마약 밀매요.

페트로첼리 과거에도 구속된 적이 있나요?

보보　구속된 거라면······ (머뭇거린다.) 무단 침입, 차량 절도, 그리고 카 오디오 절도죄로 한 번, 싸우다 사람이 죽은 일로 한 번요.

페트로첼리　그러니까 싸우다 사람이 죽은 것은 살인죄에 해당되는군요. 맞나요?

보보　예. 3년 받았어요.

페트로첼리　기록에 따르면 최소 5년, 최고 10년 형을 받고 3년 복역한 걸로 되어 있는데요. 아닌가요?

보보　뭐 그런가 보죠.

페트로첼리　에번스 씨, 작년 12월 22일에 어떤 일이 있었나요?

보보　킹하고 둘이서 건수 올릴 계획을 세워서 실행에 옮겼죠.

페트로첼리　그 '건수 올릴 계획'이라는 게 뭐였는지 배심원 여러분께 설명해주시기 바랍니다.

보보 편의점을 터는 거요.

페트로첼리 어떤 계획을 세웠고 실제로 어떻게 되었는지 최대한 자세하게 알려주시기 바랍니다.

보보 거기 찾아가서 밖에 차를 세워놓고 앉아서 기다렸죠. 그런 다음 저 친구의 신호를 받고—

페트로첼리 에번스 씨가 하먼 씨를 가리켰다고 기록에 남겨주시 기 바랍니다. 계속하시죠.

오브라이언 이의 있습니다!

판사 인정합니다. 증인이 피고의 얼굴을 확인한 겁니까?

페트로첼리 모든 게 아무 이상 없다고 신호를 보낸 사람이 누구 인지 확인이 가능한가요?

보보 빨간 머리 여자분 옆에 앉은 저 친구였어요.

페트로첼리 에번스 씨가 하먼 씨의 얼굴을 확인했다고 기록에 남겨주시기 바랍니다. 계속하시죠.

보보   모든 게 딱이라는 신호가 떨어지니까 킹이 가지고 온 약을 맞았고, 그런 다음 둘이서 안으로 들어갔죠. 계산대 뒤에 있던 아저씨부터 손을 봐줬는데, 그 아저씨가 연장을 꺼내더니 막 쏘고 그러더라고요.

페트로첼리   연장?

보보   예. 총 말이에요. 킹이 총을 뺏으려고 했고, 나는 돈을 챙기러 갔죠. 그때 총소리가 들렸어요. 뒤돌아보니까 아저씨가 서서히 쓰러지는데, 킹이 연장을 들고 있더라고요. 둘이서 노리던 걸 챙겨 들고 튀었어요. 그게 답니다.

페트로첼리   돈 말고 또 뭘 집어 갔나요?

보보   담배 좀 챙겼죠.

페트로첼리   그런 다음 어떻게 했죠?

보보   그런 다음 다리 건너편의 레녹스 가에 있는 그 치킨가게에 갔어요. 프라이드치킨, 감자튀김, 콜라, 이렇게 좀 먹었죠.

페트로첼리 그때 누구랑 같이 있었나요?

보보 킹하고 나, 둘뿐이었어요.

페트로첼리 편의점 주인인 네스빗 씨가 죽었다는 건 언제 알았죠?

보보 그날 밤에 소문이 들리더라고요.

페트로첼리 훔친 돈은 어떻게 했죠?

보보 아까 말했던 것처럼 프라이드치킨이랑 감자튀김 사 먹는데 좀 쓰고, 나머지는 킹이랑 둘이서 나눠 가졌어요.

페트로첼리 증인이 이 강도행각을 진행시킬 수 있도록 하면 씨가 아무 이상 없다는 신호를 보냈다고 했죠. 맞나요?

보보 예.

페트로첼리 하먼 씨도 배당을 받았나요?

오브라이언 이의 있습니다! 검사도 증언을 하고 싶으면—

판사 인정합니다! 인정해요! 다들 진정합시다. 질문을 다르게 해주세요.

페트로첼리 배당을 받은 사람이 또 있나요?

보보 원래는 푸에르토리코 꼬맹이한테 한 입 떼어주기로 했고, 킹의 친구한테도 한 입 떼어주기로 했죠.

페트로첼리 하먼 씨가 신호를 보냈다고 했죠. 어떤 신호였나요?

보보 편의점에 누가 있으면 알려주기로 했어요. 아무 말도 없기에 괜찮은 모양이라고 생각했죠.

페트로첼리 하먼 씨가 계획대로 편의점에서 나오는 걸 분명 봤단 말이죠?

보보 예.

페트로첼리 증인이 아는 한 네스빗 씨를 사살한 것은 우발적인 사건이었나요?

보보 킹한테 어떻게 된 거냐고 물었더니 힘으로 밀어붙이려고 해서 어쩔 수 없었다고 하더라고요. 노인네가 서인도제도의 나이 많은 형씨들처럼 힘이 셌다고. 무슨 뜻인지 알죠?

페트로첼리 증인은 어쩌다 체포가 된 건가요?

보보 (당황하며) 볼든인가 골든인가 하는 사람한테 담배를 팔았어요. 이 사람은 그 담배를 어떤 백인 녀석한테 팔았는데, 그 녀석이 이 사람을 꼰지르고 이 사람이 또 나를 꼰지른 거죠. 114에 걸고 119에 걸고, 나중에는 800에까지 전화를 걸었을걸요? 그랬더니 경찰들이 찾아와서 묻기 시작하더라고요. 아무것도 모른다고 하다 시시껄렁한 일로 붙잡혔죠.

페트로첼리 어떻게 체포되었는지 배심원들에게 알려주시죠.

보보 촌티 팍팍 날리는 녀석이 작은 손가방을 들고 다가오더니 가루를 좀 사고 싶다고 하더라고요. 평범해 보이는 놈이 약이 있냐고 하니까 방심해서 한 방 먹은 거예요. 가루를 주자마자 수갑을 채우더라고요. 경찰은 원래 촌티 분위기로 안 밀고 나가는데. 뒤통수를 제대로 맞은 거죠.

판사 손가방을 들고 있었단 말인가요?

보보 완전 황당하죠?

페트로첼리 에번스 씨, 증언을 대가로 합의를 보았죠? 어떤 합의를 보았는지 알려주시겠습니까?

보보 뭐가 어떻게 된 건지 진실을 말하면 유죄 인정 협상을 할 수 있고, 10에서 15년으로 감형받을 수 있다고 했어요.

페트로첼리 오늘, 진실을 이야기하고 있습니까?

보보 예.

페트로첼리 이상입니다.

장면 전환: 에이싸 브릭스. 서류를 뒤섞으며 만족스럽다는 듯이 고개를 끄

덕이다 보보를 심문하러 단상으로 올라간다.

  브릭스   에번스 씨, 편의점에 침입했다고 시인했죠. 맞습니까?

  보보   예.

  브릭스   중죄를 저지르기 위해 침입한 것도 시인했죠. 맞습니까?

  보보   예.

  브릭스   그러니까 중죄—이 경우에는 강도입니다—를 저지르러 편의점에 들어갔고, 그 중죄를 저지르는 과정에서 한 사람이 살해된 거죠?

  보보   예.

  브릭스   그러면 증인은 자백에 따라 중죄 모살죄로 뉴욕 주법상 가석방 없이 25년에서 종신형을 선고받을 수 있습니다.

  보보   그런데요?

브릭스   그런데 증인은 이 범죄에 대해서 아직 재판에 회부되지 않았습니다. 그러니까 다시 길거리를 활보하고 싶으면 그 책임을 대신할 사람을 찾아야겠죠. 그렇지 않은가요?

보보   무슨 소리예요? 내가 지금 협상하는 거 아니잖아요. 협상을 할까 생각 중이라고만 했지.

브릭스   증인이 어떤 인물인지는 다 아는 사실 아닌가요? 증인은 사람이 죽는 걸 보고도 패스트푸드점에 가서 배불리 먹을 수 있는 마약 밀매업자이자 절도범입니다. 그렇죠?

보보   그날 하루 종일 굶었다고요.

브릭스   그래서 네스빗 씨를 살해한 다음에 ―

보보   내가 죽인 거 아니에요.

브릭스   이 배심원들이 아는 한, 네스빗 씨가 살해되었을 때 편의점에 있었다고 시인한 사람이 증인 하나뿐입니다. 증인은 강도 계획을 세운 것도 시인했죠. 담배를 슬쩍한 것도 시인했고, 네스빗 씨가 뼈가 부서져라 일한 가게에서 쓰러졌을 때 거기 있었다는 것도 시인했고요. 그런데 이제 와서 감형 좀 받아보겠다고 다른 사람한테 살해한 책임을 전가하고 있어요. 그렇지 않은가요?

보보   킹이 약에 취해서 제정신이 아니었던 것 같아요. 안 그랬으면 그 양반을 쏘지 않았겠죠. 그 양반을 쏠 필요는 없었는데. 그자식 때문에 내가 개고생 하고 있잖아요.

브릭스   증인은요? 증인은 권총강도질을 할 생각이 없었나요?

보보   하, 나중에 쏴드리죠.

브릭스   이상입니다.

판사   오브라이언 변호사?

오브라이언   (자리에 앉은 채로) 에번스 씨, 이 강도행각에 대해서 하먼 씨와 이야기를 나눈 게 언제였죠?

페트로첼리   (웃으며) 단상으로 가시는 게 좋지 않겠어요?

오브라이언이 자리에서 일어나 메모를 읽으며 천천히 단상으로 걸어간다.

보보   나는 이야기 나눈 적 없어요. 그 녀석은 킹의 친구니까.

오브라이언   그럼 분명히 짚고 넘어가도록 하지요. 편의점에 경찰이 있으면 하먼 씨가 어떻게 하기로 했나요?

보보   신호를 보내기로 했어요.

오브라이언   어떤 신호를요?

보보   안에 경찰이 있다는 신호요.

오브라이언   그리고 경찰이 없으면 어떻게 하기로 했나요?

보보   모르겠는데요.

오브라이언   킹 씨와 함께 강도 계획을 세웠다고 했죠. 킹 씨가 알려주지 않던가요?

보보   킹이 알아서 준비했을 거라고 생각했죠. 그 자식이 말하길 모든 게 완벽하다고 했으니까.

오브라이언 증인의 증언에 따르면 편의점 안으로 들어갔을 때 총을 휴대하지 않았다고 했죠. 맞나요?

보보 예.

오브라이언 동행한 사람이 가지고 온 총이 사용됐을 수도 있는데, 아니라는 걸 무슨 수로 장담하죠?

보보 킹이 말하길 총이 없다고 했으니까요.

오브라이언 그러니까 이번 강도사건에 관한 한 들은 것에 의존하는 부분이 많군요. 맞나요?

보보 직접 본 걸 빼면 그렇죠.

오브라이언 직접 본 거라고 하면 실제로 금품을 털었을 때 본 걸 이야기하는 건가요?

보보 맞아요.

오브라이언　오스발도한테 이야기한 적 있나요?

보보　몇 마디 했죠.

오브라이언　범행에 동참하지 않으면 가만 안 두겠다고 했나요?

보보　그 자식이 끼겠다고 했어요.

오브라이언　하지만 오스발도는 증인이 무섭다는 단 한 가지 이유 때문에 이 권총강도에 가담했다고 증언하던데요.

보보　하기 싫다는 사람은 큰일에 끌어들이지 않아요. 하기 싫다는 사람은 믿을 수가 없잖아요.

오브라이언　편의점에 들어갔을 때—들어갔다고 이미 시인했죠—안에서 다른 사람을 보았나요?

보보　그 아주머니는 못 봤는데요.

오브라이언　하지만 지금은 어떤 여자분이 가게 안에 있었다는 걸 알게 됐죠. 맞나요?

보보   예.

오브라이언   어떻게 알았죠? 킹 씨한테 들었나요?

보보   형사가 가르쳐줬어요.

오브라이언   강도 계획은 킹한테 듣고. 증인 이야기는 경찰한테 듣고. 현장에 있었던 거 맞아요?

보보   있었다니까요.

오브라이언   사실 현장에 있었다고 시인해야 거래가 성립되죠. 아닌가요, 에번스 씨?

보보   그렇죠.

오브라이언   강도사건 이후에 오스발도와 이야기를 나눈 적 있나요?

보보   아뇨.

오브라이언 하먼 씨하고는요?

보보 없어요.

오브라이언 돈은 어떻게 된 거죠? 돈을 나누기로 하지 않았던가
요?

보보 우리는 가게 주인이 죽었다는 소식을 듣고 납작 엎드려 있
기로 했어요.

오브라이언 '우리'라니, 누가 납작 엎드려 있기로 했다는 건가
요?

보보 킹하고 저요.

오브라이언 감사합니다. 이상입니다.

장면 전환: 안경을 고쳐 쓰는 페트로첼리.

페트로첼리 강도행각을 벌이기 전에, 그러니까 그 직전에 증인

과 킹 씨는 무얼 하고 있었죠?

보보   가게 안으로 들어가기 직전에요?

페트로첼리   예. 안으로 들어가기 직전에 무얼 하고 있었나요?

보보   저 친구가 나오길 기다리고 있었죠.

페트로첼리   '저 친구'라니, 누구 말인가요?

보보   저쪽에 앉아 있는 저 친구요.

페트로첼리   에번스 씨가 스티브 하먼을 가리켰다고 기록에 남겨
주시기 바랍니다. 이상입니다.

오브라이언   (얼른 일어서며) 하지만 강도행각 이전에 하먼 씨와
이야기를 하지는 않았죠?

보보   예.

오브라이언   그리고 강도행각 이후에도 이야기를 하지 않았고,

돈도 나누지 않았죠?

보보   아까 납작 엎드려 있기로 했다고 말했잖아요. 상황이 좀 진정되면 그 친구 몫을 챙겨주려고 했어요.

오브라이언   그래서 그런 때가 오던가요?

보보   킹이 어떻게 처리했는지 나는 몰라요.

오브라이언   하지만 증인이 아는 한, 하면 씨가 받은 돈은 없죠.

보보   킹이 어떻게 했는지 나는 모른다니까요.

오브라이언   이상입니다.

장면 전환: 스티브의 자리에서 본 배심원단 미디엄샷. 중년 남자 배심원 한 명이 카메라를 오랫동안 똑바로 쳐다본다. 잠시 후, 스티브가 그 비난하는 눈초리를 피해 고개를 돌리는 것처럼 카메라가 저쪽으로 움직인다.

페트로첼리   이것으로 검찰 측 변론을 마치겠습니다.(원문은 "The people rest."로 재판 과정에서 쓰이는 관용적 표현이다. 이어지는 만화 내용은 이

를 직역한 뜻에 빗댄 말장난이다 ─ 옮긴이)

페이드아웃.

페이드인: 여러 색깔의 동심원과 손으로 돌리는 풍금 소리. 북적북적 활기 넘치는 만화 속 도시가 화면 위로 등장한다. 그러고 잠시 후, 구닥다리 잠옷을 입은 만화 속 남자가 창밖을 내다본다.

만화 속 남자　(큰 소리로) 모두 휴식!

화면 위에서 만화 속 등장인물들이 일제히 동작을 멈추고, 자동차들은 끼이익 하며 멈추어 서고, 잠시 후 모두 잠이 든다. 모두 휴식을 취하는 것이다.

장면 전환: 실내: 법정.

판사　신청사안이 있으면 오늘 점심시간 이후에 받겠습니다. 내일 아침 재판이 시작되자마자 피고 측 진술을 듣도록 하죠. 날씨가 좋으니 반대하는 사람이 없으면 이제 휴정하고 배심원들에게 반나절 휴가를 드리는 게 어떻소?

배심원들이 자리를 뜨고, 여러 관계자들이 차례대로 자리를 뜬다. 하면 부인이 오브라이언에게 다가가 이야기를 나눈다. 그녀는 법원 직원이 다가와 스티브 곁에 서자 당황스러워한다.

페이드아웃.

7월 14일 화요일

　오브라이언 변호사가 오늘 오후에 나를 만나러 왔다. 지쳐 보였다. 보보의 증언이 우리 쪽에 상당한 타격을 입혔고, 나와 킹을 분리시킬 방법을 찾아야 하는데, 내가 상당히 착해 보이기 때문에 배심원들이 우리 둘을 하나로 묶어서 생각하게 만들려고 킹의 변호사가 기를 쓴다고 했다. 그녀는 거의 한 시간 동안 나와 이야기를 나누었다. 그러는 동안 여러 번 내 손을 토닥였다. 나는 그러면 재판에 질 것 같다는 뜻이냐고 물었다. 그녀는 아니라고 했지만, 그 말을 믿을 수가 없다.

　너무 무섭다. 심장이 미친 듯이 두근거리고, 숨을 쉬기가 힘들다. 내가 처한 괴로운 상황이 점점 더 크게 느껴진다. 나는 그 속에 빠져 허우적거리고 있다. 그 녀석이 나를 뭉개고 있다.

　바깥은 날씨가 화창하다. 저 아래 길거리를 보면 사람들이 십자 무늬처럼 좁은 길을 가로질러 걷고 있다. 노란 택시들이 길을 따라 조금씩 움직인다. 길모퉁이에 자리 잡은 노점에서는 아마 프랑크푸르트 소시지 같은 각종 소시지와 탄산음료를 팔고 있을 것이다. 발걸음을 멈춘 사람들이 먹고 싶은 음식을

사 들고 멀어진다. 나도 그렇게 이곳에서 멀어지고 싶다.

내일이면 우리 쪽 진술이 시작되는데, 뭘 어떻게 할 건지 모르겠다. 여기 있는 다른 재소자들처럼 모든 게 잘될 거라고, 이런저런 이유들이 있으니 배심원들이 유죄 판결을 내리지는 않을 거라고 확신을 심어주려 하는 나의 목소리가 들린다. 여기서는 모두들 자신을 속인다. 어쩌면 우리는 자신을 속인 죄로 여기 있는 건지도 모른다.

간이침대에 누워서 지난해에 있었던 일들을 모두 떠올려본다. 특별한 일은 없었다. 하늘에서 번개가 떨어지지도 않았다. 주문을 외워 누군가를 완전 다른 모습으로 바꾸어놓지도 않았다. 그런데 지금 나는 여기에서 내 인생을, 지금까지 누려왔던 내 인생을 송두리째 날릴 위기에 처해 있다. 교도소에서 구두끈과 허리띠를 압수하는 이유를 알 것 같다.

오브라이언 변호사는 내가 사랑하는 사람들과 나를 사랑하는 사람들을 모두 적어보라고 했다. 그런 다음 존경하는 사람들을 적어보라고 했다. 나는 쌔위키 선생님의 이름을 두 번 적었다.

브릭스 변호사가 먼저 킹을 변론할 거다. 오브라이언 변호사가 두 번째로 변론을 하는데, 킹에게 불리한 소리를 했다가는 브릭스 변호사의 공격을 받을 테고 그러면 내가 불리해질 테니 조심해야 된다고 했다.

그녀는 "친구들을 몇 명 동원해보자."고 했다.

오브라이언 변호사가 떠나고 감방으로 돌아가야만 했을 때 나는 그 어느 때보다 우울해졌다. 제리가 곁에 있었으면 좋겠다. 여기 말고 다른 데서 어떻게든 같이 있었으면 좋겠다. 그러면 제리한테 무슨 말을 할까? 네 앞날을 생각하라고. 그래, 그 말을 해줘야겠다. 네 앞날을 생각하라고.

불이 꺼졌을 때 어둠 속에서 누가 우는 소리가 들리는 것 같았다.

페이드인: 실내: 법정: 도로시 무어가 증인석에 앉아 있다. 피부는 갈색이고, 상당히 호감이 가는 얼굴이다. 그녀가 진지한 표정으로 에이써 브릭스를 쳐다본다.

브릭스   그날 오후 몇 시쯤 킹 씨가 증인의 집에 왔는지 기억하십니까?

무어   3시 30분이요.

브릭스   확실한가요?

무어   (자신만만하게) 확실해요.

브릭스   이상입니다.

페트로첼리   무어 씨, 킹 씨는 얼마나 자주 증인의 집을 찾았나요?

무어   한 달에 두 번쯤 왔어요. 사촌이니까요.

페트로첼리   무슨 이유로 찾아왔는지 기억하십니까?

무어 그냥 들렀다고 했어요. 제가 좋아할 것 같은 스탠드가 보이기에 샀다고 하더라고요. 둘이서 며칠 안 남은 크리스마스 얘기를 했어요.

페트로첼리 스탠드를 가지고 왔던가요?

무어 예, 그랬어요.

페트로첼리 그때 킹 씨는 일을 하고 있었나요? 직업이 있었나요?

무어 아니었던 걸로 알고 있어요.

페트로첼리 그런데도 증인한테 스탠드를 사줬단 말이군요. 스탠드 값이 얼마였는지 기억하십니까?

무어 아뇨, 모르겠어요.

페트로첼리 하지만 고마운 일이죠. 안 그런가요?

무어 (기가 죽어서) 그런 거 같아요.

페트로첼리 증인은 킹 씨를 많이 좋아하죠?

무어 무슨 뜻으로 그런 질문을 하시는지 모르겠지만, 그렇다고 거짓말을 하지는 않을 거예요.

페트로첼리 그날 이전에 킹 씨를 마지막으로 만난 게 언제인가요?

무어 몇 주 전이었을 거예요. 정확한 날짜는 모르겠지만요.

페트로첼리 킹 씨는 어떤 직장을 찾고 있었나요?

무어 직장이 뭐 다 거기서 거기죠. 잘 모르겠어요.

페트로첼리 킹 씨는 운전면허증이 있습니까?

무어 모르겠어요.

페트로첼리 사촌에 대해서 모르는 게 아주 많군요.

무어   그날 만난 건 확실해요.

페트로첼리   (얕잡아 보는 투로) 증인은 무슨 일을 하고 있죠?

무어   직장이 있는데, 그 주에는 발목을 다쳐서 쉬고 있었어요. 그 주 월요일에 병원에 갔으니까 확인해보시면 나올 거예요.

페트로첼리   증인이 무엇을 했는지 증거를 댈 필요는 없습니다. 그날 증인의 집에 들른 킹 씨를 본 사람이 있나요?

무어   없을 거예요.

페트로첼리   그 스탠드, 아직도 있습니까? 고맙게도 킹 씨가 그날 사준 스탠드 말이죠.

무어   깨졌어요.

페트로첼리   그러면 그 스탠드가 없어졌다는 뜻으로 해석해도 될 까요?

무어   요즘은 뭐든 튼튼하게 만들지를 않잖아요. 한국이나 뭐 그런 데서 만든 것 같더라고요.

페트로첼리 다시 한 번 묻겠습니다. 그러면 그 스탠드가 없어졌다는 뜻으로 해석해도 될까요?

무어 지금은 없지만, 그때는 있었어요.

페트로첼리 예, 물론 그랬겠죠. 감사합니다. 이상입니다.

장면 전환: 증인석의 조지 니핑. 쉰 살쯤 되어 보이고, 철테 안경을 쓰고 있다. 그는 명확한 말투로 좋은 인상을 남긴다.

브릭스 니핑 씨, 킹 씨가 실제로 오른손잡이인지 왼손잡이인지 알고 계십니까?

니핑 왼손잡이입니다. 킹이 어렸을 때 제가 야구 글러브를 사준 적이 있었는데, 왼손잡이라서 환불했거든요.

브릭스 오른손으로 뭔가 중요한 일을 한다는 얘길 들어본 적 있으신가요?

니핑 아뇨. 오른손으로 뭘 하는 걸 본 적이 없습니다.

메모지에 뭔가를 적는 스티브.

장면 전환: 메모지. 오브라이언이 "저걸 왜 물어보나요?"라고 적힌 스티브의 질문 밑에 답변을 적고 있다. "총상이 시신의 왼쪽에 있으니 총을 쏜 사람이 오른손잡이라는 뜻으로 해석될 수 있거든. 설득력이 별로 없는 주장이야."

브릭스 기록상 묻겠습니다. 증인은 킹 씨와 알고 지낸 지 얼마나 되죠?

니핑 한 십칠 년에서 십팔 년쯤 될 겁니다.

브릭스 감사합니다.

장면 전환: 증인석에서 페트로첼리를 마주 보는 니핑.

페트로첼리 킹 씨가 사람을 쏘는 걸 본 적 있나요?

니핑 아뇨, 없습니다.

페트로첼리 그러면 총을 쏠 때 어느 쪽 손을 쓰는지 모르시겠군요. 그렇죠?

브릭스 이의 있습니다!

페트로첼리 (이의 제기를 무시한 채) 만약 킹 씨가 어떤 사람과 몸싸움을 벌이고 있는데 우연하게도 총이 오른쪽에 있다면 어떻게 할지 아시나요?

니핑 아뇨, 모르겠는데요.

페트로첼리 이상입니다.

장면 전환: 영화 수업. 쌔위키 선생님 미디엄샷.

쌔위키 영화 기법은 무궁무진하지만, 관객들에게 무제한적으로 다가갈 수는 없지. 달리 얘기하자면 단순하게 접근해야 된다는 거다. 이야기를 전달하는 사람은 너희들이야. 카메라맨이 너희들 대신 이야기를 전달할 수는 없어. 영화를 만드는 사람이 너무 멋을 부리면 자기 이야기에 자신이 없거나 이야기 전달 능력에 자신이 없다는 뜻으로 해석해도 될 거다.

장면 전환: 실내: 변호사들이 의뢰인과 만나는 접견실. 분할된 화면: 한쪽에서는 오브라이언이 초조하게 왔다 갔다 하고 있다. 다른 쪽에는 스티브가 앉아 있다.

오브라이언 네가 증인석에 앉아서 배심원들을 쳐다보고 배심원들도 너를 쳐다보는 상황에서 결백하다고 말해야겠다. 너를 증인으로 내세우지 않더라도 판사가 배심원들에게 그 어떤 결론도 내리지 말라고 이야기하겠지만, 배심원들은 분명 네 증언을 듣고 싶어 할 거야. 네 입장을 듣고 싶어 하겠지. 할 수 있겠니?

스티브가 자신 있게 고개를 끄덕인다.

오브라이언 검사가 가장 강력하게 미는 증거가 너와 킹의 관계야. 일단 보보는 강도사건에 가담했고 킹과 아는 사이라고 인정하게 만들었지. 너는 킹을 안다고 했지? 네가 왜 그런 사람을 사귀었는지 모르겠지만, 배심원들 앞에서 너와 킹 사이에 어느 정도 거리를 만들지 않으면 엄청난 타격이 될 거야. 너와 킹을 잇는 연결고리를 끊어야 해. 킹은 지금 험상궂은 표정으로 저기 앉아 있어. 자기가 터프하다고 생각하는 건지 어쩐 건지 그건 모르겠다. 하지만 터프가이가 상징하는 것과 너 사이에 어느 정도 거리를 만들어야 하는 것만큼은 분명해.

배심원들의 눈에 믿을 수 있는 사람으로 보여야 해. 브릭스는 킹을 증인으로 세우지 않을 거야. 그게 너한테는 도움이 되겠지. 하지만 너와 킹을 분리시키려는 우리 의도를 간파하는 순간, 브릭스는 자기 의뢰인이 난처하게 되었다는 걸 알아차릴 거야.

스티브 킹이 증언하지 않을 거라고 어떻게 장담하세요?

오브라이언 킹이 경찰에 체포되었을 때 한 말이 있어. 보보를 모른다고 했거든. 하지만 검사 측에서 그게 거짓말임을 입증할 수 있게 됐잖니? 킹이 증인으로 나섰을 때 진술서를 들이대면 망하는 거지. 네가 증인으로 나서지 않으면 배심원들 머릿속에 그려진 너와 킹의 연결고리가 더욱 강해질 거야. 그러니까 네가 증인으로 나서야겠다. 배심원들이 너를 어느 정도 믿는가에 따라서 앞으로 남은 네 청춘의 방향이 달라질 거야.

스티브 그 여자가 말하길 킹이 자기랑 있었다고 했잖아요.

오브라이언 맞아. 하지만 페트로첼리 검사는 굳이 장황하게 반대 심문을 하지 않았지. 그거 눈치 챘니? 페트로첼리가 말투만으로 무어 씨를 뭉개버린 거. 피고가 자기와 함께 있었다고 주장하는, 절친한 관계의 사촌? 별 볼일 없다 이거야. 피고에게 불리한 온갖 증거들에 비하면 새 발의 피라는 거지. 킹의 변호사는 최종 변론으로 승기를 잡겠다는 계획일 텐데, 아주, 아주 운이 좋으면 모를까, 효과가 없을 것 같아. 텔레비전에서나 최종 변론으로 재판에서 이기지, 실제로는 그렇지 않거든.

단독 미디엄샷: 스티브가 고개를 끄덕이지만, 시선은 아래쪽을 향하고 있다. 오브라이언이 그를 물끄러미 쳐다보며 유심히 관찰한다. 그러더니 자리에 앉아서 심호흡을 한다.

오브라이언 (종이컵을 탁자 위에 올려놓으며) 좋아, 스티브. 이제 내 얘기 좀 들어볼래? 우리, 게임 하나 하자. 내가 이 컵을 탁자 위에 놓을 거야. 그런 다음 몇 가지 질문을 할게. 네 대답이 마음에 들면 컵을 똑바로 놔둘 거야. 마음에 안 들면 뒤집어놓을 거고. 그러면 네 대답에서 어디가 문제인지 생각해보도록 해. 알겠니?

스티브 왜요? (오브라이언은 아무 대답이 없다. 잠시 후 스티브가 알았다는 듯이 고개를 끄덕인다.)

오브라이언 제임스 킹과 아는 사이인가요?

스티브   아뇨?

장면 전환: 오브라이언이 컵을 뒤집는다.

스티브   예, 그냥 얼굴만 아는 정도예요.

장면 전환: 오브라이언이 컵을 바로 놓는다.

오브라이언   강도사건 전에 킹과 마지막으로 만난 게 언제였죠?

스티브   작년 여름요.

장면 전환: 오브라이언이 컵을 뒤집는다.

스티브   잘 모르겠어요. 그러니까, 자주 만나는 사이가 아니거든요.

장면 전환: 오브라이언이 컵을 바로 놓는다.

잠시 후: 카메라가 두 사람에게서 점점 더 멀어진다. 다른 재소자와 변호사가 접견실로 들어선다. 오브라이언의 질문이나 스티브의 대답은 들리지

않지만, 컵을 뒤집는 오브라이언의 모습이 보인다.

점점 암흑으로 변하는 화면.

페이드인: 실내: 한밤중의 감방: 재소자들의 윤곽만 간신히 보이는 수준인데, 두 명이 바닥에서 자고 있다.

보이스오버(재소자 1)　검사가 나더러 거짓말이래. 사실대로 털어놓으면 10년 형을 받을 텐데, 그럼 어떻게 할 줄 알았냐고 검사한테 묻고 싶더군.

보이스오버(재소자 2)　제도에 갇혀버렸는데 점잔 떨 수는 없지. 제도 속에 갇히면 탈출해야 되는 거라고.

보이스오버(재소자 1)　진실이라는 게 뭔데? 여기 있는 사람 중에 진실이 뭔지 아는 사람이 있을까? 난 진실이 뭔지 모르겠어! 너희처럼 흉측한 인간들하고 같이 있고 싶지 않다는 거, 그게 내가 아는 전부야.

스티브　진실은 진실이지. 맞다고 생각하는 게 진실이잖아.

보이스오버(재소자 2)   아니야! 저 밖 길거리로 나섰을 때 포기하는 게 진실이야. 살아남는다는 걸 생각해봐. 나머지 다섯 명은 못 마시는 공기를 마실 수 있는 기회를 생각해봐.

보이스오버(재소자 1)   증인석에 서면 검사가 진실을 찾고 어쩌고 하는데, 사실은 너를 교도소에 붙잡아 놓을 방법을 찾고 있다는 뜻 이지.

보이스오버(재소자 3)   (도와달라고 울부짖으며) 난 인생의 절반을 교 도소에서 보냈어. 내 인생 어디로 간 거야? 빌어먹을 내 인생은 어 디로 간 거냐고!

변기 물 내려가는 소리가 들리면서 장면이 끝난다.

장면 전환: 실내: 교도소. 스티브가 재판을 위해 옷을 갈아입고 있다. 살짝 부은 두 손을 살피는 그의 모습이 보인다.

장면 전환: 호송차 뒷자리에 앉은 스티브. 얼굴 앞쪽에서 맞잡은 두 손이 떨리고 있다.

장면 전환: 증인석에 앉은 스티브.

오브라이언　하먼 씨, 편의점 강도사건 때 망을 보거나 안전하게 가게를 털 수 있도록 체크하는 역할을 했나요?

스티브　아뇨, 하지 않았습니다.

오브라이언　하먼 씨, 망을 보거나 가게를 사전에 체크할 거라고 어느 누구한테라도 이야기한 적 있습니까?

스티브　아뇨, 없습니다.

오브라이언　하먼 씨, 지난해 12월 22일에 피해자인 네스빗 씨가 운영하는 편의점 현장에 있었나요?

스티브　아뇨, 없었습니다.

오브라이언　망을 보는 게 어떤 일을 말하는지 알고 있나요?

스티브　예, 알고 있어요.

오브라이언　마지막으로 묻겠습니다. 증인은 지금 이 자리에서 다루어지고 있는 사건과 어떤 식으로든 연관이 있나요? 좀 더 정확하게 이야기하자면, 12월 22일에 벌어진 강도살인사건과 어떤 식으로든 연관이 있나요?

스티브   아뇨, 없습니다.

오브라이언   이상입니다.

장면 전환: 서류를 뒤적이는 페트로첼리. 이따금 동작을 멈추고 스티브 쪽을 쳐다보며 고개를 끄덕인다. 그녀가 의자 속에 몸을 묻고 한참 동안 스티브를 똑바로 쳐다본다. 그러다 자리에서 일어나 단상으로 향한다.

페트로첼리   하먼 씨, 제임스 킹과 아는 사이인가요?

스티브   한동네에 삽니다.

페트로첼리   자주 만났나요?

스티브   가끔요.

페트로첼리   가끔이라. 강도사건 이전에 마지막으로 만난 게 언제였죠?

스티브   잘 모르겠지만, 학기 중이었어요.

페트로첼리   12월에는 만나지 않았나요?

스티브   안 만난 것 같은데, 아닐지도 모르겠어요.

페트로첼리   둘 중 어느 쪽이죠? 만나지 않은 것 같다는 건가요, 아니면 기억이 안 난다는 건가요?

스티브   둘 다요. 만났을지도 모르지만, 기억에 남을 만큼 중요한 이야기는 하지 않았어요.

페트로첼리   평소에는 어떤 이야기를 나누죠?

스티브   보통 운동장에서 마주치거든요. 그러면 제임스가 "저 녀석들, 농구 진짜 못한다." 뭐 그 비슷한 말을 하곤 했어요.

페트로첼리   "저 녀석들, 농구 진짜 못한다." 킹 씨가 농구하는 걸 본 적 있나요?

스티브 본 적 있는지 기억이 안 나요.

페트로첼리 증인은 본 걸 잘 기억하지 못하는 편인가요?

스티브 아뇨, 하지만 제가 워낙 농구 시합을 많이 보거든요. 농구하는 걸 하도 많이 봐서요.

페트로첼리 떨려요? 잠깐 쉬었다 할까요?

스티브 아뇨.

페트로첼리 가끔 보보와 만나는 사이인가요?

오브라이언 이의 있습니다. 지금까지는 그 증인을 에번스 씨로 불렀습니다.

판사 인정합니다.

페트로첼리 에번스 씨와 만난 적 있나요?

스티브 인사 정도는 했을지 몰라요. 하지만 대화를 나눈 적은 없어요.

페트로첼리 크루스 씨는 본 적 있나요? 오스발도 크루스 말입니다.

스티브 예, 저하고 비슷한 또래거든요. 오스발도하고는 이런저런 얘길 했어요.

페트로첼리 크루스 씨와 어떤 이야기를 나누었죠?

스티브 대부분 비슷한 이야기였어요. 농구나 날씨 얘기요. 아니면 동네에 무슨 일이 있는지, 뭐 그런 거요.

페트로첼리 에번스 씨의 증언, 그러니까 강도사건 직전에 증인이 편의점에서 나왔다는 에번스 씨의 증언을 들었죠?

스티브 들었어요.

페트로첼리 그러면 증인이 그 당시 가게에서 나온 게 우연의 일치였을까요?

장면 전환: 컵을 뒤집는 오브라이언 플래시백.

장면 전환: 증인석의 스티브.

스티브   강도사건이 언제 벌어졌는지 정확히 모르겠지만, 그날 저는 편의점에 없었어요.

페트로첼리   그러니까 에번스 씨가 거짓말을 하고 있다?

스티브   거짓말인지 뭔지 모르겠지만, 제가 편의점에 없었던 건 확실해요.

페트로첼리   증인이 들어가서 경찰이 있는지 '가게를 체크하기로' 되어 있었다는 크루스 씨의 증언을 들었죠?

오브라이언   이의 있습니다! 크루스 씨는 그렇게 들었다고 증언한 것으로 알고 있습니다.

판사   증언을 다시 읽어볼까요?

페트로첼리   좀 전의 질문은 취소하겠습니다. 하먼 씨, 증인이 망을 보기로 한 줄 알았다는 오스발도의 증언을 들었죠?

스티브   그렇게 말하는 걸 들었어요.

페트로첼리   그러면, 증인의 주장대로라면 크루스 씨도 거짓말을 하고 있는 거네요?

스티브   아뇨. 누가 그런 소리를 했을 수도 있겠죠. 하지만 제가 편의점에 없었던 건 확실해요.

페트로첼리   그러니까 크루스 씨가 분명 거짓말을 했다는 거로군요? 맞죠?

오브라이언   이의 있습니다! 검사는 지금 증언을 유도하고 있습니다.

페트로첼리   취소합니다. 하먼 씨, 강도사건이 벌어진 날 편의점에 없었다고 했죠? 그럼 어디 있었는지 알려줄 수 있을까요?

스티브   강도사건이 벌어졌을 때 어디 있었는지, 정확하게는 모르겠어요. 거의 하루 종일 여기저기 돌아다니면서 학교 영화 동아리 숙제로 촬영할 만한 장소들을 머릿속에 기록하고 있었거든요.

페트로첼리 그러니까 정확히 어디 있었는지 모른다? 증인이 어디 있었는지 알 만한 사람이 있을까요?

스티브 어디 갔었는지 기억도 안 나요. 형사님들이 어디 있었냐고 물었을 때도 그날 무슨 일을 했는지 생각이 나지 않았어요. 몇 주가 지난 뒤에야 물어보셨거든요.

페트로첼리 그럼 — 아까 뭐라고 했죠? 학교 숙제로 촬영할 만한 장소들을 머릿속에 기록하고 있었다는 건 무슨 수로 기억을 하는 거죠?

스티브 크리스마스 기간 동안 우리 동네를 주제로 영화를 찍을 생각이었거든요.

페트로첼리 다시 킹 씨 이야기로 돌아가죠. 증인은 킹 씨의 친구였나요, 아니면 그냥 아는 사이였나요?

스티브 그냥 아는 사이였어요.

페트로첼리 크루스 씨는요? 친구 아니면 그냥 아는 사이?

스티브 그냥 아는 사이요.

페트로첼리 보보 에번스 씨는요? 친구 아니면 그냥 아는 사이?

스티브 그냥 아는 사이요.

페트로첼리 그러니까 이 사건에 가담한 사람들과 모두 아는 사이였다는 거로군요. 그럼―

브릭스 이의 있습니다! 그러면 안 되죠! 그러면 안 되는 겁니다!

판사 인정합니다. 배심원 여러분들은 마지막 질문을 무시해주시기 바랍니다. 배심원 평결이 내려지기 전에는 누구도 이 사건에 가담한 것으로 간주되지 않습니다. 그리고 맞는 말이에요, 페트로첼리 검사. 그러면 안 되는 겁니다.

페트로첼리 (만족스러운 표정으로) 이상입니다.

스티브가 부들부들 떨며 자리에서 일어나 피고인석으로 다시 향한다. 방청객 쪽으로 고개를 돌리자 부모님 얼굴이 보인다. 어머니는 억지웃음을 짓고, 아버지는 주먹을 쥐며 힘차게 고개를 끄덕인다. 스티브가 자리에 앉아서 물잔을 집어 들지만, 손이 너무 떨려서 다시 내려놓는다. 오브라이언이 탁자 저쪽에서 손을 뻗어 스티브 앞에 놓인 메모지에 뭐라고 적는다. 적힌 내용이 보인다. "심호흡을 해."라고 적혀 있다.

오브라이언   조지 쌔위키를 증인으로 신청합니다.

장면 전환: 조지 쌔위키 클로즈업.

오브라이언   쌔위키 씨, 이 탁자에 앉아 있는 피고를 아십니까?

쌔위키   삼 년 전부터 알고 지냈죠. 제가 맡고 있는 영화 동아리 회원입니다.

오브라이언   하먼 씨에 대한 증인의 의견을 듣고 싶은데요.

쌔위키   뛰어난 학생이에요. 재능 있고, 똑똑하고, 정이 많죠. 자기 동네와 주변 환경을 긍정적으로 묘사하는 데 무척 관심이 많습니다.

오브라이언 증인이 생각하기에 정직한 학생인가요?

쌔위키 물론입니다.

오브라이언 영화 촬영을 위해 여러 장소들을 머릿속에 기록하는 중이었다던데, 증인의 동아리에 제출할 영화였나요?

쌔위키 예.

오브라이언 이상입니다.

쌔위키 씨 클로즈업. 증인석을 나서려다 판사의 제지를 받는다.

장면 전환: 페트로첼리.

페트로첼리 하먼 씨의 학교 교사라고 하셨죠? 하먼 씨의 동네에 사십니까?

쌔위키 아뇨, 그렇지 않습니다.

페트로첼리　그럼 피고의 성격을 보증하고 싶지만, 피고는 자기 동네로 가고 증인은 증인의 집으로 갔을 때는 피고가 무슨 짓을 하는지 모른다고 해도 되겠군요?

쌔위키　아뇨, 그렇지 않습니다. 그 아이의 영화를 보면 무엇과 마주하고 있는지 알 수 있고, 무슨 생각을 하고 있는지도 대부분 알 수 있습니다. 그 아이가 마주한, 그 인정 넘치는 광경들을 보면 얼마나 속이 깊은 성격인지 알 수 있어요.

페트로첼리　12월 22일에 피고가 무얼 하고 있었을까요? 그날 찍은 영화를 보여주던가요?

쌔위키　아뇨, 보지 못했습니다.

페트로첼리　영화를 잘 만드는 사람은 정직하다고 생각하시나요?

쌔위키　정직한 영화를 만드는 사람은 정직할 수밖에 없다고 생각합니다. 그건 말할 수 있죠. 저는 스티브가 정직하다고 믿습니다.

페트로첼리　사실 증인은 피고를 상당히 아끼죠?

쌔위키   예, 그렇습니다.

페트로첼리   이상입니다.

오브라이언   이것으로 하면 측 변론을 마치겠습니다.

브릭스   이것으로 킹 측 변론을 마치겠습니다.

장면 전환: 온몸이 땀으로 흠뻑 젖은 채 간이침대에 누워 있는 스티브. 숨을 가쁘게 몰아쉬고 있다. 그가 벽 쪽으로 고개를 돌린다. 들어 올린 한쪽 손이 연두색 벽을 타고 천천히 내려온다.

장면 전환: 실내: 법정: 제임스 킹 클로즈업. 브릭스가 변론 내용을 요약하는 동안 사방을 어색하게 둘러본다.

보이스오버(브릭스)   여러분은 어떤 사람을 보셨나요? 강도사건에 가담했다고 시인하면서 다른 사람에게 죄를 뒤집어씌우는 사람을 보셨습니다. 그런데 그 사람이 이런 식으로 죄를 뒤집어씌운 이유가 뭘까요? 검사 측에서는 에번스 씨, 그러니까 '보보'라는 이 인물을 출두시킨 것이 경찰에서 애써 노력한 결과이며, 그가 얼마나 훌륭한 시민인지 보여주는 기회가 될 거라고 생각했을지 모릅니다.

하지만 사실 그가 이 자리에 나타난 단 한 가지 이유는, 경찰에 형사상의 문제로 검거된 뒤 증인으로 이 자리에 출석해 다른 사람을 끌어들이면 편의를 봐주겠다는 제안을 받았기 때문 아닐까요? 사실은 그런 것 아닐까요?

편의점을 털 수 있고 실제로 그랬다고 시인했으며, 그 사건에서 습득한 장물을 팔았고 그 부분도 시인했으며, 마약 휴대죄로 체포되었고 그것도 시인한 사람이 제삼자에게 불리한 증언을 하는 방식으로 형량을 줄이려고 한다면, 이걸 뜻밖의 일로 받아들일 사람이 과연 있을까요? 그런 사람의 성품은, 이걸 성품이라고 표현해도 좋을지 모르겠습니다만, 뻔하지 않습니까? 자신의 고백을 통해 자신이 어떤 사람인지 입증한 것 아닙니까? 그런 사람이 어떤 인물이겠습니까?

카메라가 판사의 시점에서 뒤로 당겨진다. 법정 한쪽에는 하먼 부부만 앉아 있고, 다른 쪽에 낯선 사람 몇 명이 앉아 있다. 거의 텅 비어 있다시피 한 법정이다. 카메라가 우편물을 뒤적이는 법원 서기를 거쳐 진술 내용을 받아적는 속기사 쪽으로 움직인다. 그런 다음, 꾸벅이며 거의 잠들기 직전인 법원 직원을 비춘다.

브릭스 배심원 여러분들께 강조하건대, 에번스 씨는 강도질을 하면서 훔친 담배를 파는 실수를 저질렀습니다. 총을 쏜 사람이 에번스 씨였을까요? 그건 알 수 없습니다. 하지만 당연히 아니라고 하겠죠. 저기 저 증인석에 앉아서 자기가 쏘았다고 할 것 같으면 검찰 측에서 그런 제안을 하지도 않았을 겁니다. 그로서는 사방을 둘러보며 죄를 뒤집어씌울 사람을 찾는 게 유일한 탈출 방법이었죠. 그리고 그 유일한 방법을 고스란히 실행에 옮겼고요. 그는 한동네에 사는 누구라도 선택할 수 있었을 겁니다. 그 나이 또래의 젊은이들 절반이 실직자거나 비정규직이니까요. 그런데 우연히 킹 씨를 선택한 겁니다.

검찰 측에서는 살인을 목격한 증인을 한 사람도 확보하지 못했습니다. 가게 안에서 킹 씨를 보았다는 헨리 씨를 단 한 명의 증인으로 내세웠죠. 그런데 그 당시 헨리 씨는 무슨 생각을 하고 있었을까요? 본인의 증언에 따르면 손녀딸의 건강과 안녕을 생각하고 있었죠. 헨리 씨가 착각했을 수도 있을까요? 물론입니다. 가게 안에서 누굴 보았다는 착각을 한 건 아닙니다. 그럼 본 사람이 누구였을까요? 헨리 씨는 경찰서로 불려 가 여러 장의 사진을 보았습니다. 그리고 경찰이 다그치자 그 속에서 킹 씨의 사진을 골랐죠. 그런데 헨리 씨는 수천 장 아니면 앨범 한 권, 하다못해 오십 장의 사진 중에서 고른 게 아닙니다. 고작해야 이십여 장 중에서 골라달라는 부탁을 받았죠. 나중에 일렬로 세워놓은 용의자 중에서 골라야 하는 때가 되었을 때 헨리 씨는 어떻게 했을까요? 편의점에서 본 사람을 골랐을까요, 아니면 경찰이 건넨 사진들 속에 있던 사람을 골랐을까요? 그건 배심원 여러분들께서 판단할 부분입니다. 무어 씨의 증언에 따르면 제임스 킹은 사건 당시 그녀의 집에 있었습니다. 피고와 혈연관계에 있는 사람은 누구나 거짓말을 한다고 단정 지을 수 있을까요? 저는 그럴 수 없다고 생각합니다. 페트로첼리 검사는 권총강도 행각에 가담한 사람, 장물을 사고판 사람, 기타 등등, 범행을 인정한 범인들을 줄줄이 여러분 앞에 소환했습니다. 그러고는 그 사람들 말을 믿어달라고 했습니다. 그런데 평생 나쁜 짓 한 번 저질러본 적 없는 무어 씨의 말은 믿지 말랍니다. 한번 생각해보세요. 길을 가다 이런 사람들을 만난다면 여러분은 어느 쪽을 믿겠습니까? 어느 쪽을 신뢰하시겠습니까?

오스발도 크루스는 이 사건과 최대한 거리를 두려 하고 있습니다. 자신에게 맡겨진 역할이라고는 밖에 서 있다 쫓아오는 사람이 있으면 쓰레기통을 쓰러뜨리는 게 전부라고 했죠. 하지만 쫓아온 사람은 없었습니다. 에번스 씨와 공범이—공범이 존재했다면 말입니다—추격의 가능성을 완전히 잘라버렸기 때문이죠. 그리고 또 한 가지 생각해볼 부분이 있습니다. 누가 보더라도 법을 준수하는 훌륭한 시민임에 분명한 로렐 헨리가 증언하길 가게 안에 분명히 두 사람이 있었다고, 두 사람이 범행에 가담했다고 했습니다. 그리고 우리가 알기로 범행 가담 사실을 시인한 사람이 두 명 있습니다. 여러분께 장담하건대, 이번 사건의 범인은 이 두 사람으로 국한시켜도 충분합니다. 이 재판의 궁극적인 쟁점은 이번 사건에 가담했다고 인정하면서 제 살 궁리만 하는 사람들을 믿을 수 있는지 여부입니다. 여러분도 저처럼 그들의 태도, 공개된 그들의 본모습이 너무 고약해서 그들이 말한 모든 것을 상당히 의심할 필요가 있다고 생각하신다면 킹 씨의 무죄를 인정할 수밖에 없을 겁니다. 그리고 증인들의 빈약한 증언을 제외하면 검찰 측에서는 내놓은 게 아무것도 없습니다. 정말 아무것도 없습니다. 신사 숙녀 여러분, 이 재판이 시작되었을 때 검사는 '괴물' 운운했습니다. 그런데 검사는 괴물들을 발견한 데서 멈추지 않고, 검찰 측 증인으로 이 자리에 불러들이기까지 했습니다. 저는 여러분과 미국의 사법제도를 믿습니다. 그리고 그런 믿음이 있기 때문에, 이번 재판에서 정의의 여신은 이 정도 증거로 만족하지 않을 거라 믿습니다. 너무나 의심스러울 정도로 이야기를 날조하는 사람들의 증언을 거부하라고 여러분에게 요구할 거라 믿습니다. 무죄 판결로 응수하라고 여러분에게 요구할 거라 믿습니다. 감사합니다.

장면 전환: 배심원들의 시점. 카메라가 배심원석 이쪽에서 저쪽으로 걸어가는 오브라이언을 따라간다. 그녀의 뒤로 검사석과 두 개의 피고인석이 보인다. 그 너머로 의자 끝에 엉덩이만 대고 걸터앉은 스티브의 어머니가 보인다.

오브라이언 먼저, 끈기 있게 이번 재판을 경청해주신 여러분께 감사의 인사를 전하고 싶습니다. 이번 사건의 관계자는 누구라도 여러분이 그 모든 과정에 지대한 관심을 보이고, 증언을 듣는 데 온 신경을 집중했다는 사실을 분명히 알고 있을 겁니다. 제가 그 증언들을 재검토할 때도 귀를 기울여주시면 감사하겠습니다.

이 재판에서 가장 중요한 증언이자 우리가 이 자리에 모인 이유는 살인이 저질러졌다는 검시관의 진술입니다. 한 사람이 살해되었다는 거죠. 하지만 검시관은 증언 어디에서도 그 살인의 책임이 누구에게 있는지 명시하지 않았습니다. 그걸 결정할 사람이 여러분입니다. 엄청난 책임이 뒤따르는 일이죠. 증언에 따르면 총기의 주인은 피해자였습니다. 그러니까 총기의 주인을 추적해 범인을 잡을 수는 없는 상황이죠. 그럼 무얼 추적해야 제 의뢰인인 스티브 하먼이 유죄인지 무죄인지 알 수 있을까요?

검찰 측에서는 그가 강도사건 당시 가게 안에 있었다는 이야기조차 꺼내지 않았습니다. 사용된 총기가 그의 소유라는 이야기도 꺼내지 않았습니다. 스티브가 언젠가 어디에서 누군가와 함께 어울렸고, 이 범행에 동참하기로 약속했다는 주장만 펼칠 따름이었죠. 증인으로 나선 스티브는 동네 길거리에서 에번스 씨를 본 적 있다고 시인했습니다. 할렘 길거리에서 에번스 씨를 본 사람은 수백 명, 어쩌면 수천 명에 이를 겁니다. 그렇다고 그중 한 사람을 범인으로 지목할 수 있을까요? 검찰 측은 스티브에게서 킹 씨와 농구를 주제로 이야기를 나눈 적 있다는 대답을 유도하는 데 성공했습니다. 하지만 짧고 의미 없는 대화였죠. 검찰 측은 스티브가 어느 누군가와 강도행각을 주제로 대화를 나눈 적 있다는 증언을 확보하지 못했습니다. 이 부분에 대해서 잠시 동안 생각해주시기 바랍니다.

스티브가 강도범들과 어떤 약속을 했다는 증거도 없는 상황에서 그를 무슨 죄로 고발할 수 있을까요? 할렘의 길거리에서 농구 이야기를 한 죄? 이제는 그게 죄가 됩니까? 제가 아는 그 어떤 법률 문건에도 그런 이야기는 없습니다. 검찰 측에서는 스티브가 안전한지 어떤지 편의점을 체크하기로 되어 있었던 걸로 '알고 있다'는 에번스 씨의 증언을 제시하고 있습니다. 그런데 그게 사실이었을까요? 검찰 측에서는 누가 봐도 거짓말할 이유가 전혀 없는 로렐 헨리를 증인으로 소환했는데, 헨리 씨가 말하길 강도행각이 시작되었을 때 편의점 안에 있었다고 했죠. 편의점에 아무도 없는지 확인하기로 한 사람이 있었다면 할 일을 제대로 하지 않은 셈입니다. 다시 한 번 짚고 넘어가지만, 편의점에 누가 있었다는 증거를 제시한 쪽은 검찰 측이었습니다. 그런데 여러분, 에번스 씨가 어떤 신호를 받았다고 했는지 기억하십니까? 편의점 밖으로 나온 스티브가 문제 있다는 신호를 보내지 않았다고 했죠. 달리 말하면 아무 신호도 없었던 겁니다. 이게 왜 중요한 문제냐고요? 만약 신호를 보냈다면, 예를 들어 엄지손가락을 들어 보이거나 했다면 근처에 있던 사람의 경우 알아차렸을 겁니다. 그런데 이 사건과 무관한 사람들 중에서 스티브 하먼이 신호 보내는 것을 보았다는 사람이 아무도 없을 뿐 아니라 전직 사서인 로렐 헨리는 가게 안에서 그를 보지 못했다고 했습니다. 여러분, 그날 그 편의점 안에 들어갔다 아무 신호 없이 걸어 나온 흑인 청소년이 얼마나 많았을까요? 그들 모두가 유죄일까요?

범행을 저지른 뒤 '끼니를 때우러' 식당에 들렀다는 에번스 씨의 증언을 기억하십니까? 끼니를 때우러 식당에 들른 사람이 누구였죠? 기억하십니까? 보보 에번스 씨의 증언을 읽어드리겠습니다. (오브라이언이 원고를 집어 들더니 안경을 고쳐 쓰고 읽기 시작한다.)

보보: 담배 좀 챙겼죠.

페트로첼리: 그런 다음 어떻게 했죠?

보보: 그런 다음 다리 건너편의 레녹스 가에 있는 그 치킨가게에 갔어요. 프라이드치킨, 감자튀김, 콜라, 이렇게 좀 먹었죠.

페트로첼리: 그때 누구랑 같이 있었나요?

보보: 킹하고 나, 둘뿐이었어요.

(오브라이언이 안경을 벗고 배심원들을 쳐다본다.) 망을 보기로 했다는 스티브 하먼은 어디 있습니까? 하먼 씨가 이 '건수 올릴 계획'으로 생긴 돈의 일부를 받았다는 증거는 왜 없는 걸까요? 우리가 아는 한 이 사건으로 돈을 만진 유일한 사람이 보보 에번스였고, 그 에번스 씨도 담배를 판 덕분에 돈을 만질 수 있었죠!

브릭스 변호사가 넌지시 이야기했던 것처럼 에번스 씨와 오스발도 크루스가 증언한 가장 큰 이유는 자기 욕심을 채우기 위해서였습니다. 두 사람은 범죄에 가담한 부분에 대해 책임을 지기 위해서가 아니라 다른 사람들에게 불리한 증언을 하기 위해서라는 단 한 가지 목적으로 이 자리에 소환되었습니다. 두 사람 모두, 다른 사람들이 연루되어 있다는 주장을 얼마나 설득력 있게 펼치느냐에 따라 거래의 조건이 달라진다는 사실을 알고 있죠. 에번스 씨는 제삼자가 가게를 체크하기로 했다는 '총잡이'의 이야기를 믿었다고 넌지시 이야기합니다. 하지만 에번스 씨의 증언이 어느 정도 믿을 만할까요? 강도사건이 벌어졌고, 한 사람이 무참하게 살해되었습니다. 이 재판의 쟁점은 훔친 담배가 아니라 그 살인사건이고, 그 점은 여러분도 잘 아실 겁니다. 하지만 그렇다 하더라도 범죄와의 관계가 뚜렷한 담배를 팔고 다니다니요! 에번스 씨는 그게 기발한 방법이라고 생각했던 걸까요? 아니면 사람들한테 잘 속는, 생각 없고 얄팍한 사람이었던 걸까요? 우리 가운데 어느 누가 편의점에서 죽은 사람을 보고 끼니를 때우러 몇 블록 거리에 있는 식당을 찾아갈 수 있을까요? 이런 사람이 하는 말을 단 한마디라도 믿을 수 있을까요? 저는 못 믿겠습니다. 여러분은 믿으실 수 있습니까?

어젯밤에 원고를 훑어보는데, 한 가지 의심스러운 부분이 생겼습니다. 범죄에 가담한 사람들이 모두 정의의 심판을 받게 만드는 것이 검사의 임무이고, 그렇기 때문에 페트로첼리 검사는 연루 가능성이 있다고 생각되는 사람들을 한 명도 남김없이 이 법정으로 소환했습니다. 그런데 스티브 하먼에게 아무 죄가 없다면 왜 에번스 씨가 해코지를 하려는 걸까요? 이런 의심이 생기자 많이 심란해지더군요. 하지만 다시 한 번 생각해보니 에번스 씨가 누굽니까. 아무 죄도 없는 네스빗 씨를 상대로 아무렇지도 않게 권총강도 행각을 벌인 위인입니다. 여러분께서는 그가 증언하는 모습을 지켜보셨습니다. 에번스 씨가 사람을 죽도록 내버려 뒀다는 데 죄책감을 느끼는 것 같던가요? 에번스 씨가 보기에 네스빗 씨는 '건수 올릴 계획'의 대상이었을 뿐이죠. 스티브 하먼도 마찬가지입니다. 에번스 씨―보보―는 스티브 하먼이 바닥에 쓰러지거나 감방에서 썩도록 내버려 두고도 남을 위인입니다. 스티브 하먼은 에번스 씨에게 있어 또 한 번의 '건수 올릴 계획'일 뿐인 거죠.

이제 마지막으로 스티브 하먼의 성품을 파헤쳐 보겠습니다. (오브라이언은 말을 멈추고 물을 마신다. 그런 다음 스티브 옆으로 걸어간다.)

스티브 하먼의 성품을 검찰 측 증인들과 대조해 생각해보시기 바랍니다. 여러분도 증인석에 오른 스티브를 보셨겠습니다만, 그 또래의 여느 청소년처럼 모든 질문에 숨김없이 솔직하게 대답했죠. 페트로첼리 검사가 떨리느냐고 물었을 때를 기억하십니까? 떨린다면 무언가를 숨기고 있는 게 분명하다는 의미가 담긴 질문이었죠. 이번 사건의 배심원인 여러분들께 강조하건대, 여러분도 어느 정도 떨리셨을 겁니다. 목숨이 걸린 재판을 받고 있지 않습니까! 온 청춘을 감옥에 바치게 될지도 모르는 일 아닙니까! 떨리지 않는다면 깜짝 놀랄 만한 상황이죠. 검찰 측에서 한 명, 또 한 명 총출동시킨 증인들은 스스로 인정했다시피 교도소를 탈출하기 위해 혹은 교도소에 가지 않기 위해, 그리고 친치 씨의 경우에는 성폭행을 면하기 위해 증언했습니다. 스티브 하먼의 성품을 보보 에번스와 대조해 생각해보시기 바랍니다. 스티브 하먼을, 검찰 측의 또 다른 증인인 친치 씨와 비교해보시기 바랍니다. 이 범행에 가담했다고 시인했고, 폭력조직에 가입하기 위해 모르는 사람의 얼굴을 칼로 그은 적 있다고 시인했던 크루스 씨와 비교해보시기 바랍니다.

스티브 하먼이 유죄라는 데 의심의 여지가 있을까요? 제가 보기에는 로렐 헨리가 가게에서 스티브를 보았다고 지목하지 않았을 때 의심의 여지가 생기지 않았을까 싶습니다. 검찰 측 증인이 증인석으로 나올 때마다 그 의심의 여지는 점점 증폭되었고요.

죄가 있으면 유죄를 선언하는 것이 배심원 여러분의 몫입니다. 유죄가 입증되지 않았을 때 무죄를 선언하는 것도 여러분의 몫이고요. 제가 보기에 이 사건에서 스티브 하먼은 분명히 유죄가 입증되지 않았습니다. 스티브 하먼을 대신해서, 정의의 이름으로 여러분께 부탁드리건대 지난 한 주 동안 들은 증언들을 모두 면밀히 검토해주시기 바랍니다. 그렇게 하신다면, 무죄라는 결론이 내려질거라고 확신합니다. 그리고 그런 결론을 내리는 게 맞는 일이고요. 감사합니다.

미디엄샷: 배심원들의 시점에서 바라본 페트로첼리. 그녀의 뒤로 검사석과 두 개의 피고인석이 보인다. 피고 측 변호인 두 명이 뚫어져라 쳐다보고 있다. 스티브와 킹은 카메라를 정면으로 바라보지 않는다.

페트로첼리　저도 이 재판에 관심을 보여주신 여러분께 감사의 인사를 전하고 싶습니다. 조금 전까지 이 사건을 바라보는 피고 측의 입장을 들으셨으니 이번에는 검찰 측 차례입니다.

먼저 이번 사건을 재조명하는 것으로 이야기를 시작하겠습니다. 피고 측에서는 여러분이 배심원실로 향할 때, 담배를 훔쳤다는 사람 이야기를 듣고 겁에 질린 친치 씨의 성품이 이 사건의 쟁점이라고 생각해주길 바라고 있습니다. 하지만 쟁점은 그의 성품이 아닙니다. 피고 측에서는 담배를 산 볼든 씨의 성품이 이 사건의 쟁점이라고 생각해주길 바라고 있습니다. 하지만 쟁점은 그의 성품도 아닙니다. 피고 측에서는 오스발도 크루스의 성품을 염두에 두길 바라고 있습니다. 하지만 이 사건의 쟁점은 크루스 씨가 파티에 초대하거나 친구로 삼을 만한 사람인지 여부가 아닙니다. 피고 측에서는 여러분이 리처드 '보보' 에번스의 성품을 곰곰이 생각해주길 바라고 있습니다. 좋은 사람이 못 되니 그의 증언을 무시해야 된다고 합니다. 하지만 이 사건의 쟁점은 어떤 증인의 성품이 아닙니다. 이 사건의 쟁점은 무고한 시민, 알기날도 네스빗이 무참하게 살해당한 12월 22일의 범행입니다. 저는 네스빗 씨가 어떤 사람이었는지 모르지만, 자기 가게에서 살해당하고 그 범인들이 패스트푸드점에서 배를 채우는 동안 바닥 위에 방치되어 마땅한 인물이 아니라는 정도는 알고 있습니다. 이 사건의 쟁점은 친치나 볼든이나 크루스나 에번스의 성품이 아닙니다. 이 사건의 쟁점은 네스빗 씨의 생존권과 노동의 대가를 즐길 권리입니다. 우리 모두에게 부여된 생존권, 자유권, 행복 추구권입니다. 어느 누구도 삶이라는 값진 선물을 빼앗을 권리가 없다는 것이 이 나라의 주장입니다. 그것이 이 나라의 주장이고, 이 땅의 법입니다.

일부 증인들의 동기에 대해 말들이 많았죠. 피고 측에 따르면 그들은 감형을 받겠다는 일념 하나로 증언에 임했습니다. 따라서 피고 측은 그들의 증언이 거짓이라고 여러분을 설득하려 합니다. 자, 그럼 그들의 증언을 다시 한 번 훑으면서 확인해보도록 하죠.

장면 전환: 판사 클로즈업. 메모를 적고 있다.

장면 전환: 판사의 시점에서 페트로첼리 미디엄샷.

볼든 씨는 에번스 씨에게 훔친 담배를 샀다고 증언했습니다. 우리도 알다시피 그 담배는 편의점에서 훔친 물건이었습니다. 편의점의 점원인 호쎄 델가도가 담배가 없어졌다고 증언했죠. 다르게 표현하자면 델가도 씨가 볼든 씨의 증언을 뒷받침한 겁니다. 델가도 씨는 감형을 받았을까요? 아니면 단순히 진실을 이야기한 걸까요? 피고 측 변호사 중 어느 누구도 점원의 성품은 문제 삼지 않았고, 심지어 언급조차 하지 않았다는 사실을 눈치 채셨습니까? 여러분이 점원을 잊어주길 바랐던 겁니다.

에번스 씨는 실제로 편의점에 들어가 강도행각에 적극적으로 가담했다고 증언했습니다. 이것도 누구 하나 문제 삼지 않았죠. 그는 뿐만 아니라 12월 22일, 편의점에 킹 씨와 함께 있었다고 이야기하는데, 이 증언은 로렐 헨리가 뒷받침했습니다. 손녀딸에게 먹일 약을 사러 편의점에 들렀던 로렐 헨리가 말입니다. 헨리 씨는 감형을 받았을까요? 아니면 단순히 진실을 이야기한 걸까요? 피고 측은 성품을 운운하면서 로렐 헨리의 성품은 슬그머니 회피합니다.

이뿐 아니라 에번스 씨는 현장에 가보니 오스발도 크루스가 있었다고 증언했습니다. 이 증언은 크루스 씨가 뒷받침했죠. 맞다고, 있었다고, 크루스 씨는 그렇게 증언했습니다. 이 강도사건에 가담했다고 했습니다. 제임스 킹이 12월 22일에 편의점 안에 있었다고 말한 증인은 모두 세 명입니다. 에번스 씨, 크루스 씨, 그리고 헨리 씨.

에번스 씨는 총기를 휴대하지 않았고, 완력으로 네스빗 씨의 돈을 빼앗을 생각이었다고 증언했습니다. 그런데 네스빗 씨가 가지고 있던 총을 꺼냈다고 했죠. 네스빗 씨의 목숨을 앗아간 총기가 그의 소유로 등록되어 있었다는 시청 직원의 증언은 여러분도 들으셨습니다. 에번스 씨의 증언을 뒷받침한 시청 직원은 감형을 받았을까요? 물론 아닙니다. 피고 측에서는 그의 성품을 공격했나요? 아뇨, 가만히 앉아서 진실을 듣고 있기만 했죠.

피고 측에서 건드리지 않기로 한 부분이 또 한 가지 있다면 바로 담배입니다. 담배가 볼든 씨에게 팔린 것에 대해 피고 측에서는 한 번도 심각하게 진위를 문제 삼지 않았는데, 이 사실과 더불어 담배가 편의점에서 훔친 물건이라는 분명한 사실은 강도살인사건 당시 킹 씨가 가게 안에 있었다는 힌트가 됩니다. 제임스 킹을 변호하는 브릭스 씨는 에번스 씨가 혼자, 혹은 오스발도 크루스와 함께 편의점 안에 있었을지 모른다는 논리를 펼칩니다. 하지만 로렐 헨리가 편의점에서 본 인물이 킹 씨가 맞다고 했죠. 흑인 청년 식별이라는 자신의 역할을 불편하게 생각하는 흑인 여성이 용기 있게 여러분 앞에서 증언하고, 킹 씨가 맞다고 분명히 밝힌 겁니다. 브릭스 씨의 가설은 논리가 빈약합니다. 논리가 충분한 쪽은, 모든 증인이 뒷받침하는 검찰 측의 가설이죠. 하먼 씨가 안전하다는 신호를 보내자 보보 에번스와 제임스 킹이 네스빗 씨를 털러 가게 안으로 들어갔습니다. 자기 방어를 하려던 네스빗 씨는 총을 빼앗기고, 바로 저기 앉아 있는 저 사람(킹을 가리킨다.)이 쏜 총에 맞아 목숨을 잃었죠. 오브라이언 변호사는 만약 하먼 씨가 실제로 사전 조사를 했다면 헨리 씨와 마주쳤을 거라는 논리를 펼칩니다. 그러니까 실력이 좋은 파수꾼이었다면 그랬을 거라고 말입니다. 뭐, 하먼 씨는 편의점 강도를 도운 경험이 별로 없었던 모양이죠. 그렇다고 우리가 딱하게 생각해야 합니까? 그렇게 따지면, 킹 씨나 에번스 씨는 범행 솜씨가 탁월한가요? 이 어설픈 강도사건에서 범인들이 실제로 가져간 것은 몇 푼 안 되는 돈과 담배 몇 상자에 불과했습니다. 아, 물론 알기날도 네스빗이라는 선량한 시민의 목숨도 앗아갔죠.

킹 씨가 가게 안에 없었다고 생각하신다면, 오스발도 크루스와 로렐 헨리와 보보 에번스가 모두 거짓말을 하고 있고, 볼든 씨가 담배를 사들인 것이 아무 의미 없다고 생각하신다면 킹 씨에게 무죄 선고를 내려야 마땅합니다. 하지만 제가 보기에 이것은 불가능한 일입니다. 만약 가게를 사전 조사한 사람이 없었고, 이제 와서 어디 있었는지 모르겠다고 이야기하는 하먼 씨가 그 가게 안에 있었던 것이 '우연'이라고 생각하신다면 하먼 씨에게도 무죄 선고를 내려야 마땅합니다. 하지만 제가 보기에는 이것도 불가능한 일입니다. 보보 에번스가 크루스 씨, 킹 씨, 하먼 씨와 함께 범행을 저질렀다는 것이 이 사건의 진실입니다.

네 사람은 모두 똑같이 유죄입니다. 담배를 훔친 사람, 총을 놓고 몸싸움을 벌인 사람, 아무 이상 없는지 체크한 사람 모두 말이죠. 만약 하먼 씨가 나와서 킹 씨에게 "가게 안에 사람이 있다."고 말했더라면 어떻게 되었을까요? 그러면 다른 곳에서 '건수 올릴 계획'을 시도했거나 아니면 작파하고 집으로 갔을지 모릅니다. 스티브 하먼은 알기날도 네스빗의 죽음을 초래한 계획의 가담자였습니다. 그 사건과 거리를 두려고 애를 쓰던 피고의 모습이 눈앞에 선합니다. 이상한 논리지만, 그는 담당 변호사가 주장했던 것처럼 엄지손가락을 들어 보이거나 그 비슷한 신호를 보내지 않았으니, 도덕이라는 아슬아슬한 외줄을 무사히 건너 이 사건에 대한 책임을 회피할 수 있을지 모릅니다. 하지만 알기날도 네스빗이 목숨을 잃었고, 그의 죽음은 네 사람이 초래한 겁니다.

킹 씨의 변호사는 검찰 측 증인들의 성품을 공격하면서 킹 씨를 살인사건과 멀찌감치 떼어놓으려고 하고 있죠. 하지만 에번스 씨는 킹 씨의 공범이라는 것이 이 사건의 진실입니다. 킹 씨가 성직자나 보이스카우트를 친구로 사귀었다면 오늘 우리는 이 자리에 있을 필요가 없었겠죠. 하지만 킹 씨는 자신의 잘못으로 인해 한 사람이 죽었다는 그 차갑고 냉혹한 진실로부터 도피할 수 없습니다.

하먼 씨는 자신을 고등학생이자 영화감독으로 봐주길 바라고 있습니다. 방아쇠를 당긴 사람이 하먼 씨가 아니라는 점을 생각해주길 바라고 있습니다. 네스빗 씨와 몸싸움을 벌이지 않았으니까요. 그는 강도사건이 벌어질 당시 편의점 안에 없었으니 공범이 아니었다고 믿어주길 바라고 있습니다. 어쩌면 이미 공범이 아니라는 자기기만에 빠져 있을지도 모를 일이죠.

하지만 하먼 씨는 분명 공범입니다. 그는 이 '건수 올릴 계획'에 가담하겠다는 도덕적인 결정을 내렸습니다. 다른 사람들과 함께 '수당을 챙기길' 바랐습니다. 아무리 도덕군자인 척해도 그는 다른 사람들만큼 죄가 있습니다. 그가 가담한 덕분에 범행을 저지르기가 한결 수월해졌으니까요. 형편없는 실력을 보이기는 했지만, 그가 파수꾼으로 기꺼이 나선 것이 네스빗 씨의 사망으로 귀결된 여러 가지 요인들 중 하나였으니까요. 우리 중에서 네스빗 씨를 되살릴 수 있는 사람은 없습니다. 그를 가족의 품에 되돌려줄 수 있는 사람은 없습니다. 하지만 이 나라와 이 도시의 시민인 여러분 열두 명은 살인범들에게 정의의 잣대를 들이댈 수 있습니다.

제가 여러분께 부탁드리는 것은 이게 전부입니다. 여러분의 머리와 가슴 속에서 그 정의의 잣대를 꺼내달라는 것뿐입니다. 감사합니다.

장면 전환: 실외: 법정. 닫힌 법정의 문 쪽으로 카메라가 다가간다. 문이 열리자 법정 내부가 보인다. 배심원들이 아버지처럼 침착하게 이야기하는 판사 쪽으로 고개를 돌리고 있다. 판사의 목소리가 들리는 가운데, 카메라가

어느 지점에 자리를 잡은 것처럼 보인다. 친구가 도착한 것을 감지한 스티브가 고개를 돌리고 쌔위키 선생님을 향해 미소를 지어보려고 하지만, 긴장한 관계로 잘 되지 않는다.

카메라가 법정을 죽 훑는 동안 판사의 목소리가 커졌다 작아진다.

판사   킹 씨가 이번 강도사건의 공범이라고 생각하면 피고가 방아쇠를 당겼건 그렇지 않았건 간에 유죄 판결을 내려야 합니다. 그리고…… (목소리가 점점 희미해진다.)

장면 전환: 오른쪽 벽에 걸린, 스튜어트의 조지 워싱턴 초상화.

장면 전환: 뉴욕 주기. 잠시 후: 미국 국기.

장면 전환: 책상 위의 표어.

판사   ……하면 씨가 가게 안으로 들어간 목적이…… (목소리가 점점 희미해진다.) 누가 실제로 방아쇠를 당겼는지에 관계없이…….

장면 전환: 벽화.

장면 전환: 배심원단.

장면 전환: 판사 클로즈업.

판사   중죄 모살 유죄 판결을 내려야 합니다.

카메라가 스티브의 어머니의 시점에서 미친 듯이 사방으로 움직이다 법
정을 메운 여러 상징들 위에서 가끔씩 멈춘다. 그동안 판사의 마지막 말이
반복된다.

판사   중죄 모살 유죄 판결을 내려야 합니다.

중죄 모살 유죄 판결을 내려야 합니다.

중죄 모살 유죄 판결을 내려야 합니다…….

페이드아웃.

페이드인: 감방으로 간 스티브. 처음으로 제임스 킹과 한 감방에 있다. 킹
은 재판 때 입은 옷차림 그대로 벽에 기대고 앉아 있다.

킹　어때? 무서워?

스티브　응. 너는?

킹　(순순히) 아니, 그까짓 게 뭐라고. 지들이 날 처넣고 싶으면 넣는 거지. 별거 아냐.

교도관　야, 내기 중이다. 난 너희들이 가석방 없는 종신형을 받는다는 데 걸었어. 옆 블록에서는 최소 25년, 최고 종신형에 걸었고. 니들도 낄래?

장면 전환: 스티브. 고개를 돌리고 두 손에 얼굴을 묻는다.

장면 전환: 교도관. 싱글싱글 웃고 있다.

교도관　낀다는 거야, 만다는 거야?

장면 전환: 한 수갑에 묶인 두 청소년이 옆 감방으로 안내된다. 한 명은 겁에 질린 얼굴이다. 나머지 한 명은 허세를 부리고 있다.

교도관　니들, 나한테 잘 보이면 그린헤이번에 말 전해주마. 진짜 근육 빵빵한 남자친구도 만들어줄지 누가 아냐?

장면 전환: 식당에 간 스티브. 킹을 쳐다보지 않는다. 그의 자리에서 조금 떨어진 곳에서 밀치기 시합이 벌어지고 있다. 한 재소자가 손을 뻗어 포크로 스티브의 고기를 찍는다. 스티브가 고개를 들어보니 그가 힘상궂은 표정으로 내려다보고 있다. 스티브는 쟁반 쪽으로 시선을 떨어뜨린다.

장면 전환: 감방으로 간 스티브. 감방 밖에 철망을 두른 벽시계가 걸려 있다. 초침이 천천히 움직인다.

장면 전환: 교도소에서 아주 멀리 떨어져 있는 것처럼 다소 친근하게 도미노 게임을 즐기는 재소자들.

7월 17일 금요일 오후

어젯밤에는 무서워서 잠을 잘 수가 없었다. 눈을 감으면 죽을 것 같았다. 이제는 할 일이 없다. 더 이상 남은 진술이 없다. 이제는 겪어본 사람들, 감옥에 갇혀본 사람들이 왜 계속 항소 얘길 하는지 알 것 같다. 진술을 계속하고 싶은데, 위에서 이제 끝이라고 말해버린 것이다.

머릿속이 온통 재판이라는 단어로 꽉 차 있다. 나는 판사가 배심원들에게 지시사항을 전달한 뒤에 법정을 빠져나왔는데, 아버지의 팔을 꼭 붙잡고 있는 엄마가 보였다. 얼굴에 자포자기한 표정이 비쳤다. 잠깐 동안 엄마가 가엾다는 생각이 들었지만, 이제는 아니다. 지금 내 머릿속엔 재판에 대한 생각뿐이다. 항소를 운운하는 사람들 이야기를 들으면서 벌써 나도 계획을 세우고 있다.

법정에서 들은 말들이 한마디도 남김없이 머릿속에 새겨졌다. 페트로첼리 검사는 나더러 '도덕적인 결정'을 내렸다고 했다. 작년 12월을 생각해본다. 내가 어떤 결정을 내렸다는 걸까? 길거리를 걸은 거? 아침에 일어난 거? 킹과 만난 거? 나는 어떤 결정을 내린 걸까? 어떤 결정을 내리지 않은 걸까? 하지만 이런 것 말고 재판에 대한 생각만 하고 싶다. 공포심 말고는 아무것도 실감이 나지 않는다. 공포심과 머릿속에서 춤을 추는 영화들. 나는 장면들을 고치며 영화를 계속 편집한다. 대화를 갈고 닦는다.

"건수 올릴 계획이라고요? 전 그런 계획 세운 적 없어요."

머릿속의 영화에서 나는 턱을 살짝 위로 치켜들고 이렇게 말한다.

"난 뭐가 옳고 뭐가 진실인지 알아요. 도덕이건 뭐건 그런 외줄 타기는 하지 않아요."

배경음악은 현악기 연주로 한다. 첼로. 그리고 비올라.

교도관 킹! 하먼! 판결 나왔다! 가자!

장면 전환: 이제 제법 북적거리는 법정. 오브라이언이 판사와 이야기를 나누고 있다. 대화를 마친 그녀가 스티브 옆 자리에 앉는다.

오브라이언 오늘 아침에 판결이 나왔대. 네스빗 씨 가족을 기다리는 중이야.

스티브 어떻게 될 것 같아요?

오브라이언 판결이야 이미 나온 거고, 우리가 원하는 쪽이길 바라자. 어쨌거나 재판은 계속할 수 있어. 항소하면 되니까. 괜찮니?

스티브 아뇨.

판사 모두 참석했습니까? 모두 참석했어요?

서기 그런 것 같습니다.

판사 검사, 시작해도 될까요?

페트로첼리 　예.

판사　피고 측은요?

장면 전환: 오브라이언 클로즈업.

오브라이언 　예.

장면 전환: 판사 클로즈업.

판사 　배심원단을 입장시키세요.

첫 장면처럼 자막이 천천히 화면 위로 흘러나오는 장면을 긴 롱샷으로.

스티브 하먼의 실화

그의

인생과 재판을

담은 이야기

(배심원석으로 들어가 각자의 자리에 앉는 배심원들이 보인다.)

그는 이런 사건이 벌어질 줄 몰랐다.

이런 일로, 이런 행동으로

그의 영혼이 구석구석 채워지거나

인생의 의미가 바뀔 줄 몰랐다.

(판사가 판결문을 읽고 서기에게 건네주자 교도관들이 피고인들 뒤로 가

서 선다.)

작품 속 영상과

대화는

그의 기억대로

기록한 것이다.

화면이 점점 희미해지기 시작하고, 배심장이 판결문을 읽는다. 화면이 흑백으로 변하는 동안 두 명의 교도관이 제임스 킹에게 수갑을 채우기 시작한다. 배심원단이 유죄 선고를 내린 게 분명하다. 킹이 법정 밖으로 끌려 나간다.

배심장이 판결문 낭독을 계속한다.

장면 전환: 스티브의 어머니 클로즈업. 깍지 낀 양손을 으스러질 듯 부여잡고 긴장감에 표정이 일그러져 있는데 순간, 연극배우처럼 두 손을 높이 치켜들고 눈을 감는다.

장면 전환: 스티브 뒤에 서 있던 두 명의 교도관이 물러선다. 무죄 판결을 받은 것이다. 스티브가 오브라이언 쪽으로 고개를 돌리자 카메라가 다가가고, 화면이 점점 더 직직거린다. 스티브가 오브라이언을 껴안으려고 두 팔을 벌리지만, 그녀는 뻣뻣하게 굳은 표정으로 몸을 돌리더니 앞쪽 탁자에 놓인 서류들을 집어 든다.

장면 전환: 오브라이언 클로즈업. 입을 굳게 다물고 생각에 잠긴 표정이다. 그녀는 서류를 정리해 저쪽으로 걸어가고, 스티브는 두 팔을 벌린 채 카메라 쪽으로 몸을 돌린다. 그의 모습은 흑백이고, 이제는 화면이 거의 알아

볼 수 없을 정도로 직직거린다. 그의 모습은 심리 테스트에 쓰이는 그림 혹은 짐승 아니면 괴물 같다.

위로 올라가던 마지막 자막이 정중앙에 멈추자 화면이 정지한다.

스티브 하먼 영화

오 개월 뒤, 12월

재판이 끝난 지 다섯 달이 지났고, 며칠 있으면 편의점 강도사건이 벌어진 지 일 년이 된다. 제임스 킹은 최소 25년, 최고 종신형을 받았다. 오스발도는 차를 훔치다 체포돼 소년원으로 보내졌다. 내가 아는 한 보보는 여전히 철창신세다.

어머니는 내가 지금 작업 중인 영화를 이해하지 못한다. 나는 나에 관한 영화를 찍는 중이다. 영화에서 나는 카메라에 대고 내가 어떤 사람이고, 나를 어떻게 생각하는지 이야기한다. 가끔은 야외에 카메라를 설치해놓고 여러 각도에서 그쪽으로 걸어가기도 한다.

또 가끔은 카메라를 거울 앞에 설치해놓고 거울에 비친 내 모습을 촬영한다. 옷을 계속 갈아입고, 어떨 때는 목소리도 바꾸어본다. 제리가 카메라 만지는 걸 좋아하니까 나를 촬영하도록 내버려 두기도 한다. 어디 교도소가 아니라 곁에 같이 있으니 내가 무엇을 하건 어머니는 좋아한다.

재판이 끝난 뒤 아버지는 눈물을 글썽이며 나를 끌어안고 석방돼서 기쁘다고 했다. 그러고는 포옹을 풀었는데, 우리 둘 사이의 거리가 점점 더 벌어지는 것 같았다. 나는 그 이유를 안다. 아버지는 이제 내가 어떤 아들인지 자신이 없는 것이다. 심지어 킹이나 보보나 오스발도 같은 아이들과 알고 지내는 것조차 이해하지 못한다. 아버지는 이것 말고도 모르는 게 또 뭐가 있을까 궁금해하고 있다.

그래서 나는 나에 대한 영화를 찍는 거다. 내가 어떤 사람인지 알고 싶으니까. 내가 걸었던, 공포로 향하는 길을 알고 싶으니까. 나를 천 번쯤 바라보면서 진실한 모습을 딱 한 번이라도 포착하고 싶으니까. 재판에서 이긴 다음 내 쪽으로 고개를 돌렸을 때 오브라이언 변호사는 내 어떤 모습을 보고 고개를 돌린 걸까?

내 어떤 모습을 보았던 걸까?

—— 스티브 하먼의 이야기는 실화를 각색한 건가요? 만약 그렇지 않다면 어떻게 이런 작품을 쓰게 되셨나요?

스티브 하먼과 비슷하고 사연도 비슷한 젊은 친구들을 수없이 만나고 인터뷰했어요. 『몬스터』 속의 스티브는 이 인터뷰를 조합해 탄생시킨 인물입니다.

—— 이 작품에 묘사된 할렘과 선생님이 어린 시절을 보낸 할렘을 비교하자면 어떤 차이가 있나요?

아프리카계 미국인들은 인종 차별 때문에 수입이 아무리 좋아도 대부분 할렘 비슷한 지역에서 살 수밖에 없었죠. 내가 어린 시절을 보낸 할렘에는 의사, 변호사, 기타 전문직종에 종사하는 사람들이 더 많았어요.

— 스티브 하먼은 삶에 대한 대처 방식이자 그것을 이해하는 방편으로 글을 쓰고 영화를 만들잖아요. 선생님의 인생에서 글쓰기란 어떤 의미인가요?

어떤 이야기나 소설이나 비소설을 구성할 때 나는 다루고자 하는 문제들을 꼼꼼하고 분명하게 고민해요. 가끔은 만족스러운 해결책이 나올 때까지 여러 권의 책을 읽으면서 궁리를 하죠. 이런 아이디어나 고민이 내 책의 주제가 된답니다.

— 영화 대본 형식으로 이 작품을 쓰셨는데, 어떻게 그런 결정을 내리셨죠? 이 작품이 영화로 만들어지길 바라시나요?

재소자들을 인터뷰했을 때 다들 자신의 자화상과 범죄를 분리시키려고 노력하는 게 느껴졌어요. 그래서 스티브가 일기에서는 일인칭 시점으로 이야기하지만, 재판을 받을 때는 영화 대본을 동원해 범행과 자신 사이에 거리를 두는 것으로 설정했죠. 이 책이 영화로 만들어지면 참 뿌듯할 거예요.

— 158쪽에서 쌔위키 선생님은 영화 동아리 회원들한테 "단순하게 접근"하라고 하잖아요. "영화를 만드는 사람이 너무 멋을 부리면 자기 이야기

에 자신이 없거나 이야기 전달 능력에 자신이 없다는 뜻으로 해석해도 될 거"라면서요. 선생님은 문학작품에 대해서 기본적으로 이런 신조를 가지고 계신가요? 아니면 이 작품의 경우에만 특별히 적용되는 건가요?

이야기를 복잡하게 만들지 않으려고 애를 쓰는 한편, 독자들에게 최대한 많은 정보를 전하고 이야기를 재미있게 꾸미고 싶은 마음도 있죠. 퇴고를 하면서 명쾌함과 단순함과 흥미와 정보의 균형을 맞추려고 합니다.

— 이 법정 드라마를 집필하면서 법률 쪽 자료 조사는 어떤 식으로 하셨나요?

여러 기관의 재소자들을 인터뷰하고 사법제도 관련 자료를 읽으면서 사전 조사를 시작했어요. 뉴욕 시에서 주최한 일일 세미나를 들은 덕분에 여러 가지 값진 정보를 알 수 있었고, 이후 참관한 수많은 재판을 이해하는 데 도움을 받을 수 있었죠. 피고 측 변호사, 판사, 검사 들과 대화를 나눈 것도 재판 기록을 꼼꼼히 읽은 것만큼 도움이 됐습니다.

— 다른 범인에게 불리한 증언을 하면 형량을 감해주는 제도에 대해 어떻게 생각하세요? 이 제도가 미국의 사법제도를 오염시킨다고 생각하시나요?

피고를 아는 사람들을 동원해야 해결할 수 있는 사건들이 아주 많아요. 판사, 검사, 피고 측 변호사 들은 '거래를 맺은' 증인의 증언이 전적으로 믿을 만하지 않다는 사실을 알고 있죠. 보통은 피고 측 변호사들이 배심원들에게 이 문제점을 알려줍니다.

— 스티브가 유죄인지 무죄인지 애매하게 마무리하신 이유가 뭔가요? 선생님은 이 책을 집필 중일 때 스티브가 유죄라고 생각하셨나요, 무죄라고 생각하셨나요?

재판에 공개된 사실과 스티브의 속마음을 읽을 수 있는 특권을 바탕으로 독자들이 스스로 결론을 내려주길 바랐어요. 개인적으로 나는 확실히 알 수 있었거든요.

— 왜 스티브에게 무죄 판결을 내리셨나요? 스티브가 수감되는 결말을 생각해보셨어요? 만약 그런 식으로 마무리 지었다면 독자들이 스티브의 이야기를 바라보는 관점이 어떻게 달라졌을까요?

내가 아니라 배심원단이 무죄 판결을 내린 거죠. 나는 아주, 아주 오랫동안 교도소 생활을 할 뻔한 어느 청소년의 이야기를 쓰고 싶었어요. 스티브가 저지른 행동의 결과를 보면서 얼마나 어마어마한 위험이 도사리고 있는지, 독자들이 느낄 수 있길 바랐어요. 유죄 판결을 내렸다면 주제가 스티브 하먼이라기보다 사법제도에 더 가까워졌겠죠.

— 64쪽에서 캐시 오브라이언은 스티브에게 "너는 어리고, 흑인이고, 재

판을 받고 있어. 그것 말고 무슨 정보가 필요 있겠니?"라고 하죠. 선생님이 생각하기에 이 작품에서 인종 문제는 어떤 역할을 하나요?

이 안에는 세 가지 의미가 담겨 있어요. 배심원으로 나선 사람들은 대부분 청소년이 성인보다 무책임하다는 선입견 아래, 청소년들을 안 좋게 생각하는 경향이 있죠. 흑인이 재판을 받는다는 설정은 흑인 피고가 백인 피고에 비해 유죄일 가능성이 '높다'고 생각하는 무의식적인 인종 차별을 자극할 수 있고요. 그리고 나도 종종 듣게 되는 아주 충격적인 발상이 있는데, 죄가 있으니까 재판을 받는 것 아니겠냐는 거예요. 말쑥하고 꼿꼿한 검사가 거짓말할 리 없고, 경찰이 거짓말할 리 없고, 검사 측 증인들이 거짓말할 리도 없으니 피고가 유죄 아니겠냐는 논리죠. 오브라이언 변호사도 이야기하다시피 피고가 어리고 흑인이고 재판을 받고 있으면 극복해야 할 것들이 아주 많아요.

—— 독자들은 이 작품을 읽고 어떤 반응을 보이던가요? 이 작품을 읽었다는 재소자에게 편지를 받은 적 있으세요?

반응이 제법 대단해요. 변호사들이 좋아하는 모양이고, 한 판사는 아주 훌륭하대요. 스티브 하먼이 무죄 판결을 받을 때 어린 독자들은 안도의 한숨을 내쉬지만, 일말의 여지 때문에 심란해지죠. 가장 놀라운 반응을 보인 독자층이 재소자들인데, 구속되기 전에 이 책을 읽었더라면 좋았을 거라는 이야기들을 많이 해요. 재소자들은 스티브가 논리적으로 생각하지 못하는 데 공감하고, 자신들이 난처한 지경에 처하게 된 경로도 이해하죠.

── 작가로서 이 작품을 읽고 독자들이 얻었으면 하고 바라시는 게 있다면요?

청소년들이 스티브 하면이 어떤 일을 경험하게 됐는지와 더불어 그 이유에 대해서도 생각해봤으면 좋겠어요. 스티브는 몇 가지 문제에 대해선 결단을 내렸지만, 결단을 내렸어야 하는데 그러지 못한 문제도 있었죠. 독자들이 스티브의 결단과 그 결과에 대해 독자적인 판단을 내릴 수 있다면 저자로서 뿌듯할 겁니다.

　　번역 의뢰를 받고 『몬스터』(Monster)를 읽기 시작했을 때 처음에는 무척 심란했다. 내가 그 나이 때는 상상조차 해본 적 없는 구치소라는 공간에 갇혀, 자기편으로 간주되는 변호사에게 '너는 어리고 흑인이고 재판을 받고 있으니 배심원들 중에 절반은 너를 본 순간부터 유죄로 믿고 있을 거야.'라는 이야기를 듣고, 냉정한 여검사한테서는 '괴물' 소리를 들어야 하는 열여섯 살의 주인공 스티브의 처지 때문이었다.

　　인간은 환경의 동물이다. 이 책의 저자인 월터 딘 마이어스(Walter Dean Myers) 역시 작품 말미에 수록된 「작가 인터뷰」에서 이야기한 것처럼, 예전에 아프리카계 미국인들은 인종 차별 때문에 수입이 아무리 좋아도 할렘 비슷한 지역에서 살 수밖에 없었다. 지금은 '흑인' 대신 '아프리카계 미국인'이라는 표현이 일반화되었을 만큼 위상이 나아지기는 했지만, 그래도 암묵적인 인종 차별은 여전하다. 그렇게 아웃사이더로 태어나 아웃사이더로 살 수밖에 없는 운명을 주인공 스티브가 상징하는 것 같아 참 씁쓸했다.

그런데 『몬스터』의 마지막 장을 덮었을 때는 당황스러웠다. 스티브가 과연 무죄인지 유죄인지 확신할 수 없었기 때문이다. 나는 박하사탕이 있는지 알아보러 편의점에 들어갔다 나왔을 뿐이라는 스티브의 말을 믿었다. 그런데 그게 아니라 검찰 측의 주장처럼 정찰을 하러 들어갔던 걸까? 믿었던 사람에게 뒤통수를 얻어맞은 기분이었다. 스티브의 아버지나 담당 변호사 오브라이언이 그랬던 것처럼 스티브라는 존재에 대해 자신이 없어졌다. 만약 스티브가 유죄라면 지금까지 내가 그를 딱하게 여겼던 것은 다 뭐란 말인가.

그러다 문득, 스티브의 유·무죄 여부는 부차적인 사항이라는 생각이 들었다. 저자가 이 작품을 통해 이야기하고 싶었던 것은 선택의 문제와 그 결과에 대한 책임이 아니었을까? 태어난 환경이나 피부색이야 어쩔 수 없는 것이지만, 질이 나쁜 친구들과 어울린 것은 스티브의 선택이었다. 그리고 그 선택의 결과로 강도살인사건에 연루되어 구치소 생활을 하게 된 것이다.

이 책의 저자 월터 딘 마이어스도 평탄치 않은 어린 시절을 보냈다. 두 살 때 어머니를 여읜 뒤 피 한 방울 섞이지 않은 양부모 밑에서 자랐고, 언어 장애로 놀림을 받는 바람에 걸핏하면 싸움질을 벌였다. 그러다 질 나쁜 친구들과 어울려 열여섯 살 때 학교를 중퇴하고, 열일곱 살 때 현실에서 도망치는 방편으로 군에 입대했다. 하지만 스무 살 때 사회로 복귀한 뒤 작가의 길을 선택해 뉴베리 아너 상(미국 도서관협회 산하의 어린이도서관협회에서 우수한 어린이문학 작품을 선정해 수여하는 것이 뉴베리 상인데, 이 상의 최종 후보로 오른 작품들에게는 뉴베리 아너 상이 주어진다.)을 두 번, 코레타 스콧 킹 상(마틴 루터 킹 목사의 부인의 이름을 따서 만들어진 상으로, 미국 도서관협회에서 뛰어난 활약을 보인 흑인 작가와 일러스트레이터를 선정해 수여한다.)을 다섯 번이나 수상했다. 그리고 이 작품 『몬스터』로 1999년에는 전미도서상 최종 후보에 올랐고, 2000년에는 제1회 마이클 L. 프린츠 상(미국 도서관협회 산하의 청소년도서관협회에서 뛰어난 청소년문학 작품을 선정해 수여한다.)을 수상했다. 또한 평생에 걸쳐 청소년문학에 기여한 것을 인정받아, 역시 미국 청소년도서관협회에서 수여하는 공로상인 마거릿 A. 에드워즈 상까지 받았다.

이러한 이력의 소유자이니, 마이어스는 흑인 청소년들에게 전하고 싶은 이야기가 많았을 것이다. 인생은 선택의 연속이다. 크고 작은 선택들이 모여서 인생의 방향을 결정한다. 미국에서건 우리나라에서건 청소년들 앞에 놓인 선택의 길은 무궁무진하고, 때로는 잘못된 길을 선택할 수도 있다. 그런데 나는 올바른 길을 선택할 수 있도록 신중을 기하는 것도 중요하지만, 잘못된 길임을 깨달았을 때 깨끗하게 정리하고 원점으로 돌아가서 다시 시작할 수 있는 용기도 그 못지않게 중요하다고 생각한다. 잘못된 길을 가는 데 쓰였던 시간을 단순한 허송세월로 폄하해서는 안 된다. 똑같은 실수를 반복하지 않겠다고 다짐했을 때, 그 시간은 미래를 위한 훌륭한 밑거름이 될 테니까.

'창비청소년문학' 시리즈 앞권으로 선보인 또 다른 작품 『완득이』를 얼마 전에 읽으면서 완득이가 내 앞에 있으면 빙그레 웃어주고 싶다는 생각을 했다.(그랬다가는 욕으로 한 방 먹거나 한술 더 떠서 주먹으로 한 방 맞을 가능성이 농후하지만.) 난쟁이 아버지와 베트남 출신 어머니 사이에서 태어난 완득이의 상황은 평범한 가정이라는 울타리가 있었던 스티브보다 암담했지만, 다행스럽게도 스티브처럼 벼랑 끝까지 가지 않고도 현명한 선택을 했다. 제 안의 벽을 허물고 세상 속에 뛰어든 소년에게는 한 방 먹을 각오를 하고서라도 빙그레 웃어줄 수밖에. 나에게 이런 완득이를 소개해준 이가 바로 『몬스터』의 담당 편집자이기도 한데, 나로서는 그녀에게 고마워해야 할 일이 한 가지 더 늘어난 셈이다.

번역자의 노파심에서 사족을 달자면 미국은 우리나라와 사법제도가 다르다. 가장 큰 차이가 배심제인데, 우리나라에서는 판사가 피고의 유·무죄 여부를 판단하지만 미국에서는 배심원들이 이 역할을 한다. 우리나라에서도 2008년 1월 1일부터 '국민참여재판'이라는 한국형 배심제가 실시되고 있지만, 미국과 달리 우리나라 배심원들의 판단은 법원의 결정에 참고가 되기는 하지만 실질적인 효력이 없다. 그리고 또 한 가지 차이가 유죄협상제도 혹은 사전형량조정제도(plea bargaining)이다. 이것은 피고가 유죄를 인정하거나 다른 사람과 관련된 증언을 하면 검찰 측에서 감형해주거나 가벼운 죄목으로 다루고, 항소 등의 절차 없이 판사가 바로 구형하는 제도인데, 미국에서는 재판에 따르는 천문학적인 비용을 절감하는 차원에서 이 제도를 적극적으로 활용하고 있다.

그리고 마지막으로 사족 하나 더. 미국에서는 간단한 생활용품과 처방전이 필요 없는 의약품 등을 판매하는 곳을 '드러그스토어'(drugstore)라고 하는데, 우리나라에는 꼭 맞는 표현이 없어 고민하다 '편의점'으로 옮겼음을 밝힌다.

2008년 7월
이은선

'창비청소년문학'을 펴내면서

우리에게는 10대 청소년의 세계를 다룬 본격적인 문학작품이 드뭅니다. 그래서 청소년이 읽는 문학작품은 어른들이 읽는 것과 별다른 차이를 보이지 않습니다. 출판사에서 청소년에게 읽히고자 펴낸 문학작품 중에는 이른바 대표작가의 대표명작을 모은 선집들이 무척 많습니다. 인류의 문화유산으로서 전수되는 뛰어난 고전과 현대의 창작물을 청소년이 자기 것으로 만드는 일은 자연스럽고 또 바람직합니다. 문제는 그것들이 대개 입시를 겨냥한 수업의 연장선상에서 읽힌다는 점입니다. 더욱이 초등학교 시절에 동화책을 읽던 아이들이 그다음 단계에서 성인문학의 세계로 곧장 비약하게 됨에 따라 놓치는 것이 적지 않습니다. 청소년 고유의 감수성이라든지 청소년기에 직면하는 문제 등 작품과 대화를 나눌 수 있는 요소가 많지 않다면, 문학작품을 읽는 일은 점점 자기 삶과 무관한 요식행위처럼 되기 쉽습니다. 동화책에 푹 빠져서 책 읽기를 좋아하던 아이들이 나이를 먹어가면서 문학의 매력을 느끼지 못하고 즐거운 책 읽기에서 멀어지는 까닭 중 하나가 여기에 있다고 봅니다.

이런 사정을 염두에 두고 우리는 '창비청소년문학'을 새롭게 시작하려고 합니다. 그 핵심은 세상에 대한 자각을 높이고 성장의 의미를 함축한 뛰어난 문학작품입니다. '지금 여기'의 청소년과 공감대를 넓힐 수 있는 새로운 감수성과 문제의식을 충실하게 담아 즐겁고도 의미 있는 책 읽기가 되도록 힘쓸 생각입니다. 최근 청소년문학의 중요성이 새롭게 인식되면서 의욕을 보이는 작가들이 속속 모습을 드러내고 있습니다만, 양적으로나 질적으로나 아직 충분치 않을뿐더러 마땅한 청소년문학의 모범이 없어 작가들도 어려움을 겪는다고 합니다. 청소년문학이 아동문학과 성인문학 양쪽에서 소외되어 자기 정체성을 확립하지 못한 채 표류하는 현상은 마치 경계의 존재라 하여 주변부로 밀려난 청소년의 현재 모습을 떠올려 주는 것이겠습니다. 우리는 '지금 여기'의 청소년을 뚜렷이 의식하되 현대 세계문학의 다양한 흐름을 적극적으로 받아 안으면서 새로운 도전에 나서고자 합니다. 장르와 영역을 넓히는 국내 창작물과 외국작품의 소개는 물론이고, 참신한 시각으로 재구성한 숨은 작품들과 창의적인 기획물의 모색 등이 여기에 포함될 것입니다. 새 길을 여는 '창비청소년문학'에 많은 관심을 부탁드립니다.

2007년 5월
창비청소년문학 기획편집위원회

창비청소년문학 10

몬스터

초판 1쇄 발행 • 2008년 7월 18일
초판 11쇄 발행 • 2025년 8월 11일

지은이 • 월터 딘 마이어스
옮긴이 • 이은선
펴낸이 • 염종선
책임편집 • 이지영
펴낸곳 • (주)창비
등록 • 1986년 8월 5일 제85호
주소 • 10881 경기도 파주시 회동길 184
전화 • 031-955-3333
팩시밀리 • 영업 031-955-3399 편집 031-955-3400
홈페이지 • www.changbi.com
전자우편 • ya@changbi.com

한국어판 ⓒ (주)창비 2008
ISBN 978-89-364-5610-8 43840